新潮文庫

たぶんねこ

畠中恵著

目次

たぶんねこ

序

江戸は通町《とおりちょう》の廻船問屋《かいせんどんや》兼薬種問屋《やくしゅどんや》、長崎屋《ながさきや》の若だんなは体が弱い。

近所に住まう人々も、その事はよく承知している。医者も、町中にも多く住んでいる狐《きつね》や狸《たぬき》も、そして妖《あやかし》まで分かっており、知らぬ者は通町の住人ではない。江戸の生まれなら、必ず耳にする話だと言い切った、剛の者までいたという話なのだ。

おかげで両親は心配を募らせ、跡取り息子を一年中、毎月、毎日、毎刻甘やかそうとして、若だんなに溜息《ためいき》をつかせる。一方、兄《にい》やである手代《てだい》二人は、若だんなの無事こそ日《ひ》の本《もと》の安泰に繫《つな》がると確信して、ひたすらに守っていた。とにかく本当に、病がちであったからだ。

ところが。驚くべき珍事が発生した。

何と若だんながこの二月、病に罹《かか》らなかったのだ。天が与えたもうた慶事ゆえ、この機を外してはならぬと、兄や達は、若だんなの体を芯《しん》から丈夫にするために動き出した。そしてまずは若だんなに、ある約束をして欲しいと願ったのだ。

半年の間でいい。とにかく必ず守って欲しい事を、二人は若だんなに聞かせた。

一つ。若だんなは跡取り息子ゆえか、直《す》ぐ仕事をやりたがる。しかしとにかくこの半年だけは、離れで、ただゆっくりと過ごしてほしい。

二つ。若だんなも年頃であるからして、可愛《かわい》い娘がいたら、気になるだろう。だが疲れるゆえ、今だけは恋もお預けと願いたい。

三つ。若だんなは、友の栄吉《えいきち》の事が心配になると、大概大人しくしていない。いざとなったら兄や達が何とかするので、栄吉の事も暫《しばら》くは心配し過ぎないように。

四つ。若だんなは、離れに巣くう妖を甘やかし過ぎる。長崎屋の誰かが間抜けをしても、その事を何とかするために、外出をしたりしないこと。

五つ。若だんなは当分の間、体に障《さわ》るような災難に巻き込まれないこと！

仁吉《にきち》と佐助《さすけ》が余りにも真剣な顔で口にしたので、若だんなは急ぎ頷《うなず》いた。だが、しかし。

「五つ目は難しいんじゃないかい？　〝災難〟に、私を巻き込まないでおくれと、頼む訳にもいかないよ、きっと」

若だんなは首を傾《かし》げたが、兄や達の気持ちをくんで、素直に五つ全部を守ると約束した。よって二人は、涙を流さんばかりに喜んだ。

「きっと、きっと今度こそ、若だんなを丈夫にしてみせます」

佐助は拳《こぶし》を握りしめ、天を仰ぎ決意を口にした。

「若だんな、万が一にも約束を破って、寝込む事などしないで下さいましね」

もし、そんな事になったら。仁吉の綺麗《きれい》な面に、今日は一際《ひときわ》、気合いが入っていた。

「日の本中の薬草を集めて、若だんなにお飲ませする事になります」

「だ、大丈夫だよ。無茶はしない。丈夫になったら離れの皆でお祝いをしよう」

「本当ですね。ああ、そうできたら何と嬉《うれ》しい事か」

「きゅい、卵焼き食べたい！」

袖口《そでぐち》から小鬼の明るい声がして、若だんなが笑い出す。だが、兄や達は何時《いつ》になく張り切っていたから、もし万が一養生が上手《うま》くいかなかったら……先々どうなってしまうか、怖いなぁと思う。

そして、約束の半年が始まったのだ。

跡取り三人

1

年も改まった、寒いある日の事。

江戸は大川の河畔《かはん》にある料理屋、河内屋《かわちや》の二階座敷に、大勢の大商人《おおあきんど》が集まっていた。そして窓際《まどぎわ》に並んだ三人の若者が、少しばかり緊張した顔で順に挨拶《あいさつ》をする。

「初めてお目に掛かります。廻船問屋《かいせんどんや》兼薬種問屋《やくしゅ》、長崎屋《ながさきや》のせがれ、一太郎《いちたろう》でございます」

「手前は日本橋近く、塗物《ぬりもの》問屋武蔵屋《むさしや》の跡取り、幸七《こうしち》でございます」

「おれ……いや私は、江戸橋側《そば》の煙管《きせる》問屋、松田屋《まつだや》の息子、小一郎《こいちろう》です」

きちんと名乗る姿を、今日の集まりを仕切っている河内屋の主《あるじ》が、にこやかな顔で見つめている。

「いやいや、三人ともお若いが、ご立派な挨拶でありました」

河内屋が頷《うなず》くと、仲居が座へ、まずは酒と肴《さかな》を少々運び入れてくる。

今日の会は表向き、通町《とおりちょう》周辺の商人が、寒蜆《かんしじみ》を味わう会となっていた。だが実の所は、三人の商人の跡取り息子達を、仲間内へ披露する集いであった。

若だんなは酒のちろりを手に、これからよしなにと、店主達へ挨拶をしに廻る。

「きゅい、きゅわ」という、軋《きし》むような音が時々したが、それを気にする者もいない。

「長崎屋の一太郎と申します」

「よろしくお願いします」

「長崎屋の息子です。あの、こちら様とは初めてお会いしますが……おや、両国の親分さんなのですか」

河内屋から、大貞《おおさだ》という親分を引き合わされた若だんなは、一寸《ちょっと》目を見開いた。料理屋河内屋は盛り場近くにあるから、土地を仕切る親分とも顔なじみなのだろう。大貞は笑って、己《おのれ》の縄張りを仕切る者は、代々大貞を名乗っていると教えてくれた。

「きゅい？」

その時、若だんながいつまでも、料理に手を付けない事にじれたのか、袖内《そでうち》からまた、小さな声が聞こえてくる。若だんなは急ぎ部屋の隅へゆくと、袖を上から撫《な》でた。

「きゅん、若だんな。お菓子、卵焼き」

「鳴家《やなり》、こらえてね。今日はまだ駄目なんだ」

「ぎゅんい？　何で？」

困ったような声に、若だんなのなだめる言葉が重なる。すると。

「一太郎、隅へ行って、どうかしたのかい？　具合でも悪くなったんじゃなかろうね」

独り言を耳にしたのか、親馬鹿《おやばか》で名高い父の藤兵衛《とうべえ》が、心配げに問うてくる。若だんなは慌《あわ》てて座の中程へ戻り、調子は良いと告げた。すると横から、息子幸七を連れた武蔵屋が、酒を勧めてくる。

「一太郎さん、病で今日は、来られぬかもという話だったが。床上《とこあ》げ出来て良かった」

「これは、ご心配をおかけしました」

若だんなが直《す》ぐに杯を返すと、武蔵屋と幸七が笑顔で受ける。丈夫そうな幸七へ、若だんなは羨《うらや》ましげな目を向けた。

（いいなぁ。あ、でも幸七さんは意外と、酒が弱いのかもしれない）

既に顔が赤く、時折せっせと水など飲んでいるのだ。若だんなも、もう大分返杯を頂いていて、ぽっと頬を染めている。だが。

「きゅい、んぐ、んぐ、んぐ、ぷはっ」

　側で小さな声などするせいか、存外真っ赤にはならぬまま、酒の杯を受け続けていた。その後、もう一人の跡取り息子、小一郎の所へも行き酒を勧めると、共にいた父親の松田屋が、小さく息を吐いた。

「こら小一郎、一太郎さんや幸七さんが、ご挨拶に廻っているじゃないか。お前も腰を上げなさい」

「あ、はい」

　素直に頷くものの、小一郎はまるでお侍のように物堅く、愛想笑いが浮かばぬ質《たち》らしい。ぎこちなく、座を廻り始めた小一郎へ、やっとうをやっておいでしたなと声が掛かり、松田屋は頷いた。

「小一郎は煙管問屋の跡取り息子なのに、木刀《ぼくとう》を振り回すのが大好きでしてな。全く次男の庄吉《しょうきち》と、好みが逆なら良かったんですが」

　庄吉の方は、算盤《そろばん》が得意で好きらしい。松田屋が跡取り息子の事をこぼすと、藤兵衛が柔らかく言った。

「なに今日こちらへ集った方々は、店奥で奉公人達の働きを見ているような、大店《おおだな》の主ばかり。そんな店の主に向いているかどうかは、一見とは違ったものになりましょう」

　まあ長崎屋には、先々を任せられる頼もしい手代《てだい》達がいる故《ゆえ》、いや安心と藤兵衛が言ったものだから、一太郎が頬を膨らませる。脇《わき》にいた小一郎は、それは羨ましいと言い、松田屋がその膝《ひざ》をひっぱたいた。

　向かいで親分の大貞が、周りの商人達と話しつつ、ちらりと若だんな達の方を見た。横から河内屋の声が響く。

「皆さん、お待ちかねの料理が届きましたよ」

　仲居達が、湯気と共に入ってきて、座が一層賑《にぎ》やかになった。

　二人で持つ程大きな盆には、大皿に載った鯛《たい》の丸揚げ煮や、松風卵《まつかぜたまご》、いり鴨《がも》、鰯《いわし》の天ぷらなどが載っている。その横、畳の上へ直《じか》に置かれた幾つかの大鉢には、魚の白《しら》和《あ》えや百合根《ゆりね》の金山寺《きんざんじ》和え、蕪《かぶら》の風呂《ふろ》吹き、油揚げの煮物、ぬた、漬け物などなど、数多《あまた》の料理が盛られていた。

　勿論《もちろん》蜆の汁に、蜆の飯もたっぷりと来た。間に銘酒の入ったちろりが置かれ、料理を賞賛する声と共に、酒が次々注《つ》がれてゆく。皆が口々に河内屋を褒めると、主は嬉《うれ》しげに腕の立つ料理人の自慢をした。

　すると。

このとき大貞が杯をひょいと掲げ、こう言いだしたのだ。

「こいつぁ美味《うま》い料理ばかりだ。いや大したもんだ」

己の縄張り、両国の小屋にいる者達では食べられない、豪勢な品々だという。

「ご存じだろうが、両国橋の両岸は、いわゆる盛り場ってやつだ。子分達は、余所《よそ》から流れてきた者が多くてな。誰が上に立つかってのは、まあ、腕っ節と稼ぎの高《たか》で決まる地だ」

つまり拳固《げんこ》で伸《の》された者が、勝った側へでかい顔をする事など、出来ない場所なのだ。藤兵衛が、にこりと笑う。

「そりゃ、盛り場を仕切る器量もない親分じゃ、下の者はついて来ないでしょうな」

誠に分かりやすい話であった。

「だがさっき長崎屋さんは、跡取りが店の主に向いているかどうか、一見じゃ分からんと言ったよな。ああ、聞き違いじゃないんだね」

ならば、その分からない何かとは、どういう事なのか。大貞は興味が湧《わ》いたのだ。

「三人の跡取りさん方。あんたたちには、その、一見じゃ分からない何かとやらが、あるんだね？」

何しろ三人は良いものを食べ、良い暮らしをしている筈《はず》であった。実力もあるべきだろう。大貞は、その何かを見てみたいと、突然言いだしたのだ。

「例えばこちらの跡取りお三方は、誰かに頼らず、仕事を自分の力で得ることが出来るかな。そして、一番稼ぐのは誰なんだろうな。おりゃぁ、そいつが知りたくなった」

大貞は迫力のある顔で、三人を見つめる。

「甲斐性《かいしょう》のある男は誰か。本気で試してみたいねえ。どうだ、皆で競ってみないか？」

「大貞親分、突然何を言い出すんですか」

松田屋が驚いて眉《まゆ》をひそめる。だが大貞が引かずにいると、その迫力を気にもせず、藤兵衛があっさり断りにかかった。

「いやぁ、そう言われましても。うちの一太郎は、病み上がりなんで……」

「おいおい、大貞の顔を潰《つぶ》す気かい。このおれが、頼んでるんだぜ」

だが小一郎の親松田屋も、幸七の親武蔵屋も、苦笑を浮かべるばかりで、うんとはいわない。いつになく意を通せない事に大貞が驚いていると、若だんな一人が身を乗り出したが、藤兵衛が直ぐに止めた。

「一太郎、競争をしても利がないときは、商人は動いてはいけないよ」

江戸一の盛り場を仕切る親分として、命がけで面子《めんつ》を大事にする大貞と、ここにいる商人は、立場が違うのだ。

「おお、なるほど。そういうもんなのか」

大貞は納得顔で腕を組み、しばし考えていた。そしてにやりと笑うと、大商人達へ目を向ける。その総身《そうみ》から、貫禄《かんろく》が溢《あふ》れていた。

「ならばこうしよう。もし三人がおれの頼みを承知してくれたら、この大貞が、皆の望みを一つずつ頼まれてやろう」

つまり大貞の言うように、己の力で仕事を探し、その稼ぎを競えば、この両国の盛り場で一度だけ、好きな事が出来るという訳だ。

「自慢じゃないが、上手《うま》く使えばおれたちは、結構大きな力になるぜ」

両国では日々、大きな銭が動いている。大貞は多くの同心《どうしん》や岡っ引き、その手下達とも親しい。思わぬ人脈もあるのだ。

「どうする？　やってみたくはないか？」

すると、間髪入れぬ返答があった。

「やります。そして一番になった人には、褒美に二つ願いを聞いて貰《もら》えませんか？」

「一太郎、何を言い出すんだいっ」

藤兵衛は慌てたが、直ぐに大貞が、「承知」と言ってしまった。この親分と一旦《いったん》約束をしたら、反故《ほご》にする事など許されない。

「おや、長崎屋の若だんなが、一番にやると言うとは思わなんだ」

河内屋が笑い出すと、幸七が直ぐに横から、己もやると口にする。

「一太郎さん一人が、親分と親しくなるのを指をくわえて見ている訳にはいきませんから。あ、でも二人で競ったら、おれが勝つと決まってしまいますかね」

すると松田屋が、息子へ命じる。

「ならば小一郎、お前もやってみなさい」

「おとっつぁん、仕事探しをやれって言うんですか？　どこで、です？」

小一郎は顔を顰《しか》めた。跡取り三人は、いずれも名を知られた大店の者だ。自分の力でと言われても、雇う側は今後のつきあいを考えるに違いない。すると大貞が頷いた。

「仕事はおれの縄張り、両国の盛り場で探してもらう。あそこならお前さん方の名など、誰も承知しちゃいないさ」

若だんな達三人は顔を見合わせ、頷く。いつになく、天井がきゅいきゅいと軋んだ。

「やれ、とんだ事になった」

藤兵衛は、若だんなの兄《にい》やである手代達が怒りそうだと言い、大きな溜息《ためいき》をついた。

2

「きゅわきゅわ。われらは若だんなを守るの。兄やさん達と、約束した！」

「やれ、こりゃ暫《しばら》く大変だ。阿呆《あほう》な小鬼達を押さえておくだけでも一苦労さ」

「屏風《びょうぶ》のぞきさん、若だんなの為に持ってきたぼた餅《もち》が、幾つも残ってないんですけど」

「ひゃっひゃっ、鈴彦姫《すずひこひめ》。さっき鳴家達が、古くなったら不味《まず》いからと食べてたわな」

祖母が大妖《たいよう》ゆえ、若だんなは普段から妖《あやかし》と縁が深い。今日も鳴家、屏風のぞき、貧乏神金次《きんじ》、鈴彦姫に猫又《ねこまた》のおしろまでが、若だんなの影に紛れ盛り場まできていた。

河内屋の会合から、七日の後。若だんなは人で賑わう両国の盛り場の道にいる。昨日から、いよいよ仕事探しの競争を始めていたからだ。さすがに、兄や達は側にいない。子守は要らぬと、大貞が言ったのだ。

「仁吉《にきち》さんも佐助《さすけ》さんも、親分のこと怒ってますよ。若だんなを寝込ませるつもりだって」

二人は武蔵の国の狐《きつね》や河童《かっぱ》にまで連絡を取り、もしもの時に備えていると、鈴彦姫が教えてくれた。一方二親は、若だんなの無事を祈って加持祈禱《かじきとう》を頼んだという。

「やれやれ。ほんの半月、両国で働くだけじゃないか」

若だんなは今、幸七、小一郎と一緒に盛り場の外れにある大貞の家で、厄介になっていた。ちゃんと三食出るから、とりあえず生きてゆくには困らない。この月の終わりまでが期限で、両国の盛り場で仕事を見つけ、多く稼いだ者が勝ちとなる決まりだ。

「きゅい、いっちばん、若だんな!」

「みんな、来てくれたのは嬉しいけど、大貞親分の家では、大人しくしておくれね」

三人の跡取り息子達は広い盛り場に散り、それぞれ仕事を探している。だが、仕事探しを始めて二日目。若だんなはまだ一文も稼げていなかった。

「きゅい、若だんな。団子欲しい」

袖内の鳴家にねだられても、お八つを買う金すらない。大貞から、金子《きんす》や金目の物を持ってくる事は禁止されていた。

「ごめんね、鳴家。稼げるまで、ちょっと待っておくれ」

一つ溜息をつくと、若だんなは気を取り直して、盛り場にある店へ目を向ける。ここで影の中から、屛風のぞきの声が聞こえてきた。

「昨日から何軒、働くのを断られたんだっけ？　若だんな、もう十軒を超すか？」

「屏風のぞき……十一軒だよ」

若だんなは混み合う道を一人歩きつつ、溜息をついた。顔がつい下を向いてしまう。団子屋に楊枝《ようじ》屋に矢場《やば》、茶屋が二軒、寿司屋、見世物小屋も三軒廻った。蕎麦《そば》屋へも行った。丁寧に、どんな仕事でもするので、雇って下さいとお願いした。でも、全部の店で、首を横に振られてしまったのだ。

「こんなに沢山の店があるのに、どうして私は、雇って貰えないんだろう」

葦簀《よしず》張りの簡素な作りとはいえ、辺りは店で埋め尽くされている。働く場所は、数多ある筈なのだ。

それに、最初は大きな小屋から廻っていた若だんなだったが、直ぐに、もっと小さな小屋へも行っている。それでも、一向に結果は出てくれなかった。

「ねえみんな……仕事を見つけるのって、本当に難しいんだねえ」

何しろ若だんなは今まで、余所では働いた事が無いのだ。

「もしかして、もしかすると、私って……」

ものすごく役立たずなのかなと、つい考えてしまう。

「でもさ、他の二人もお店の跡取り息子なんだ。だから奉公へ出る事は、考えちゃいなかった筈だよね」

やはり幸七や小一郎も、今も苦戦続きなのだろうか。昨日は全員一文も稼げず、夕《ゆう》餉《げ》の時、大貞から大いに呆《あき》れられた。

だがその時、若だんなは不意に足を止めた。はきはきとした大きな声が、すぐ側から聞こえてきたからだ。

「はいっ、そこなお兄さん、寄ってきな。評判の見世物、綺麗《きれい》な娘の綱渡りだよっ」

見世物小屋の前に、呼び込みをしている若者がいた。よく知っている顔であった。

「幸七さんだ……」

目が離せないでいると、幸七は視線を感じたのか、若だんなの方を向いた。そしてちょいと後ろの小屋を指し、嬉しげな顔で頷いたから、やはり雇って貰えたらしい。

若だんなはぺこりと頭を下げ、何故《なぜ》だか急いで、幸七の側から離れた。

「ああ、いいな。羨ましい」

本心そう思った。途端、二日間歩きづめで疲れたのか、足が重くなって川べりにしゃがみ込んでしまう。本当は横にあった茶屋で休みたいが、茶代の、ほんの何文かが無い。

(ああ、お金がないって、こういう事なんだ)

身に染《し》みた。今までは茶代の事など、考えた事もなかったのだ。

「おい、大丈夫か？」「きゅわ」

小さな手が、若だんなを心配して膝の上へ載る。その時、後ろから優しい声がした。

「ちょいとお兄さん、どうなすった。気分でも悪いのかい？」

声を掛けてきたのは、気っぷの良さそうな姉さんで、若だんなより少し上の年頃に見えた。すると、草臥《くたび》れて昼餉を余り食べられなかったからか、お腹《なか》がぐうと鳴って、若だんなは首まで赤くなる。慌てて立ち上がると、明るい笑みが返ってきた。

「ふふ、きっと団子を食べれば、調子も良くなるよ。ほらあんた、そこの床机《しょうぎ》へ座りな」

「でもその……持ち合わせが」

「お代はいいから」

それでも戸惑っていると、同じ店にいるぐっと色っぽいお姉さんが、あら、かわいい子だねえと言って、床机に三本も団子を置いてくれる。直ぐに小声が聞こえた。

「ありがたく食べな。顔色が悪いよ」

屛風のぞきの声に頷き、若だんなは深く頭を下げると、床机の端に腰をかけた。姉さん達は他へ運ぶついでに、温かい茶もくれる。

「兄さん、遊びに来て、お連れとはぐれたんですか？」

笑って言われて、若だんなは団子を持った手を一寸止めた。苦笑が浮かんでくる。

「あの、私は今、仕事を探してるんです。でも余所からは、そうは見えないんですね」

正真正銘一文無しなのに、若だんなは盛り場で遊んでいるように見えたのだ。今の身なりは、一目見て分かる程良いものらしい。

「でもさ、さっき見た幸七さんの着物だって、大したものだったぞ」

影から屏風のぞきの小声がして、それに、団子、団子という鳴家の声が重なる。若だんなは、そっと串《くし》を取った。

「みんなで分けてね」

一本渡すと、きゅいきゅいと嬉しげな声がする。幸七が雇われた訳は、察しがついていた。

「幸七さん、力が強そうだからね。おまけに私ら三人の中じゃ、一番声も大きいし」

だが、若だんなは急に、強くはなれない。溜息が出た。

「ああ、どうしたらいいんだか」

見つめても、団子は返事などしてくれない。そこへ、突然明るい声がかかった。

「おや、茶屋で一休みとは、一太郎さんも仕事を見つけたんですね」

振り返ると、道に小一郎の明るい顔があった。

「えっ、じゃあ小一郎さんは……」

「先ほど口入屋《くちいれ》で紹介してもらい、やっと仕事が決まりました」

「口入屋！　その手がありましたか！」

口入屋は奉公口を紹介する所で、人宿《ひとやど》ともいう。若だんなが嬉しげな表情を浮かべたものだから、小一郎は「あれ」と首を傾《かし》げた。

「もしかして、まだ仕事、見つかってなかったんですか」

どうやら、競い相手の若だんなに手を貸したと、気がついた様子だ。だが、もらい物だがと言って、若だんなが団子の最後の一串を渡すと、笑って手にした。

「一太郎さんは年より若く見えるし、丈夫じゃないとか。この盛り場で使ってもらうのは、きっと大変だ。お互い頑張りましょ」

気の良い男は、この盛り場に強い口入屋の場所を教えてくれると、初仕事、初仕事と言って、団子と共に去って行く。若だんなは、綺麗な茶店の姉さん方へ、もう一度しっかり頭を下げ、口入屋を目指し歩き始めた。

3

夕刻、大貞の家では、住み込んでいる手下達と、三人の跡取り息子達が、夕餉の膳《ぜん》を前にした。十五人もの大所帯は、若だんなが来てから、お菜《さい》がぐっと良くなっていた。

町でよくある夕餉のように、冷や飯と沢庵《たくあん》だけを半月も食べていたら、若だんなが病になってしまう。若だんなの親代わり、長崎屋の兄や達が何がなんでもと言い張って、毎日大貞の家へ、お菜を届けてくるようになったからだ。ちゃんと全員の分があった。

「おや今日は、芋の味噌煮《みそに》と大根のなますが来たのかい。美味そうだね」

「きゅわ」

大貞の家は人数が多いから、飯も朝、三食分をまとめて炊《た》く訳にもいかず、毎食炊きたてだ。三人の金稼ぎが終わるまで、毎日こんな美味い飯が食えるのかと、家の皆は機嫌が良い。親分の膳には、酒と小さな肴が載っているものの、他は大して違う訳ではなかった。

大貞はぱくりと芋を食べると、美味そうに飯をかっくらってから、三人へ目を向けた。

「で、誰かそろそろ金を稼いだかな？」

すると幸七が、にやりと笑った。

「おれは今日から、橋詰め近くの小屋で、呼び込みに使って貰える事になりました。娘綱渡りが評判の、あそこです」

「おお、あのでかい小屋で働き始めたか。そいつは上々」

しっかりやんなと言い、大貞は他の二人も見た。すると小一郎が、自分も口入屋の紹介で、仕事を貰ったと告げる。ただ。

「何だか妙な仕事でしてね。ちゃんとやれるか、いささか心配してます」

「おい、どんな仕事なんだ？　まさか、危ない事じゃなかろうな」

金に目がくらんで、妙な仕事など引き受けるなよと、大貞が言う。安い賃金の仕事すら、なかなか見つけられなかったと言い、小一郎は苦笑を浮かべた。

「その仕事ですが、店に雇われたんじゃありません。雇い主は、若い娘御でして」

「おや」

部屋内がざわめく。

「その娘御は両国の盛り場で、人を探したいのだそうで。ですが娘一人では、入れぬ所もあるでしょう。で、手を貸してくれる者を、雇ったんだそうです」

小一郎に決まったのは、やっとうが得意だったのと、安い日当でも良いと言ったからだ。

「幾らなんだ？」

「日に……二百文という約束で」

「おいおい、そりゃ安いな。天秤棒《てんびんぼう》を担《かつ》いで、あれこれ売り歩いてる棒手振《ぼてふ》りだって、毎日正味で倍以上、いや三倍は稼ぐぞ」

そんなことで、競い合いに勝てるのかと、大貞が問う。だが小一郎はとにかく、まず何か仕事を始めたかったと、はっきり言った。

「えり好みしていても、銭は増えませんから」

「おお、それもそうだな」

大店の生まれにしては、しっかりした考えだと、大貞は褒める。

最後は若だんなへ、皆の目が向いた。

「あの、仕事を探して十二軒廻りました。今日は最後に、口入屋へ行きました」

そして仕事を紹介しては貰えた。だが。

「曲芸の小屋へ行ったんですが、下働きを断られてしまいました。重い大道具を運ぶんで、もっと頑丈そうなお人がいいとか」

「なんと、一太郎さん一人、まだ稼げていねえのか」

頑張んなよと大貞に言われ、若だんなは頷く。

「はい、どこからも雇っては貰えてません。ですが……仕事の目処《めど》はついたというか」

「ほう、何をするんだい？」

「実は曲芸の小屋へ、寄席《よせ》の主が来てまして。それで寄席じゃ、中で菓子など売っていた事を思い出したんです」

だからその寄席の主に願い、場所代を払うので、菓子を売らせて欲しいと、若だんなは頼み込んだのだ。

「そうしたら、おなごの客も多い故、若い男が売るのも面白いと言って貰えました」

ただし、だ。

「大貞親分が諾《だく》と言ったら売っても良い、という話なんです」

菓子売りは己で商う者だ。だから寄席だけでなく、この盛り場を仕切る親分の許しを得なければならないらしい。大貞が笑った。

「仕事をしろと言ったおれが、働くなとは言えねえな」

承知と言われて、若だんなが嬉しそうに頷く。だが大貞は、ここでちょいと首を傾げた。

「一太郎さん、菓子を買う元手は、どうするんだい？」

三人の金も金目の持ち物も、大貞は決まりだと言い、送ってきた者に持ち帰らせている。

「金を借りる当てなどあるのか？」

すると新参者ゆえ、金貸しも知らないと言って、若だんなは笑った。それで。

「古道具屋や古着屋へ行ってきます。金はないけど、いつも使っている紙入れや巾《きん》着《ちゃく》、矢立《やたて》などは並の品として、今も持ってますから」

とにかく持ち物を売り払い、それでも足りぬなら、着ているものを安い古着に替え、差額を使うと若だんなは言ったのだ。

「その金子で買える数の菓子を、寄席へ持って行くつもりです」

幸七と小一郎が驚く。

「今、着ているものまで売る気ですか。こりゃ肝《きも》の据わった話だ」

「一太郎さん、もの凄《すご》く頑張ってますね」

箱入り娘より大事にされていると噂《うわさ》の若だんなが、そんな事を言い出すとは思わなかったと、二人は目を見張っている。大貞が釘《くぎ》を刺してきた。

「一太郎さん、身につけているものを売るのは構わねえ。だが、その分は稼いだ金じゃねえ。競い合いの金額には入れないからな」

若だんなが頷き、大貞はご機嫌になる。

「三人とも、働き出したか。いよいよ面白くなってきたなぁ」

だが、さて残りの味噌煮を食べようとして……大貞は首を傾げる事になった。

「やや、おりゃ全部、食べたんだっけ」

膳にあった筈の芋も大根も、見事に空になっていたのだ。しかし勿論、大貞の膳に箸《はし》を伸ばす剛の者など、いようはずもない。

大貞が仕方なく、漬け物で飯を食らっていると、天井がきゅわきゅわと軋んだ。

翌日、若だんなの巾着と紙入れは、意外なほど良い値で買って貰う事が出来た。ありがたい事に着物は着替えずに済み、屏風のぞきは影の内から、天の助けだと言いきった。

「良かったなぁ。金稼ぎの為、薄っぺらい着物に替えたなんて知れたら、兄や達が今晩、大貞親分を締め上げにきたかも知れないぜ」

「本当に大げんかしそうで怖いから、着物の事、二人に話しちゃ駄目だよ」

若だんなが金子を手にすると、妖達は小遣いをねだった。暫く甘味が食べられなかったから、銭を渡すと皆は楽しみつつ、安くて美味《おい》しい菓子屋を探してきてくれた。

「きゅい、若だんな。橋の西で売ってる爺《じい》さんの茶饅頭《まんじゅう》、安くて美味しい」

「団子は、先に若だんなに一皿、ただでくれた店が良かったぜ。いや贔屓《ひいき》でなく」

屏風のぞきが言えば、金次とおしろが、楽しげに話す。

「若だんな、鈴彦姫が買った餅菓子が、そりゃ美味かった。もっと買ってくれ」

その三つが安く、少し値を足しても売れそうであったので、仕入れにゆく。すると若だんなが働き出したと分かり、茶屋の姉さん達が喜んでくれた。

「団子を買ってくれたお人に、この茶屋の品だと話しておきますね」

先日のお礼にそう伝えると、姉さん達が嬉しいと言って笑った。

(あ、お返しが出来て良かった)

若だんなも笑みを浮かべ……と、その時、いぶかしげな顔になった。茶屋脇を、小一郎が、何故だか凄い速さで駆けていったのだ。

「おや、どうしたんだろ？」

気になったが、夕餉の席ででも聞いてみるしかない。若だんなはこれから、なけなしの金で仕入れた菓子を、売らねばならなかった。

(もし沢山売れ残ったら、明日、菓子を買う元手の金子がなくなる)

菓子は生もの故、明日では売りものにならないからだ。若だんなが、受け取った団子を前に、緊張した表情を浮かべると、姉さん達がぽんと肩を叩《たた》いてきた。

「兄さん、お客に買って貰おうと思ったら、笑顔、笑顔。怖い顔した男から、菓子を買うお人はいないわよ」

「は、はい。肝に銘じます!」

素直に返事をして、ぺこりと頭を下げると、「良い子ねえ」とか「弟みたいで、かわいいわ」とか、明るい言葉が返ってくる。

「寄席で売るのよね? 誰かが一つ買えば、他のお人も続いて下さると思うわ」

「『今日が最初の商いです。これからきっと頑張りますので、一つ買って頂けないでしょうか』、そう言ってまず、おっかさんくらいの女の人に、菓子を勧めてみなさいな」

「はいっ」

ありがたい助言で、若だんなはきっと団子を明日も買いに来ると言うと、茶屋を出た。次に茶饅頭と餅菓子を買い、何とか木箱一箱分揃《そろ》える。箱はずしりと重かったのに、他の二人の稼ぎが気になって、やっぱり着物も古着に替え、その分も仕入れれば良かったかと思う。だが、今ある分すら、売れるかどうか分からないのだ。

(これからが初売り、勝負の時だ)

唇を引き結び、若だんなは大きく一つ息を吐くと、足下から声がした。

「若だんな、大丈夫だ貧乏神がついてるよ。ひゃっひゃっ、ありがたくないか」

「いざとなったら、どこかで金を拾ってきて、この屏風のぞきが、三つ四つ買ってやるさ」

「きゅい、団子食べたい」

その後三回、にこりと笑う練習をしてから、若だんなは雑踏《ざっとう》の中を夜席《よるせき》前の寄席へ向かっていった。

4

夕餉の膳には、油揚げと菜の煮もの、それに若だんなの好きな卵焼きが並んでいた。

そして今日は、膳を前にした跡取り息子三人が、それぞれ違う表情を大貞に見せていた。

「おんやぁ。三人とも、何かあったのかい？」

幸七は渋い顔をし、若だんなはにこにこと笑い、最後の小一郎は、何と頭に痛そうな瘤《こぶ》をこしらえていたのだ。

「ああ、気になるねえ。食べながら話しなよ」

大貞が酒を呑《の》みつつ問うてくる。すると真っ先に話し出したのは、若だんなであった。今日は一段と頑張ったのだ。

「お菓子、売れました。木箱一箱、完売です」

「おお、そいつは目出度《めでた》いな」

後で他の振り売り達と同じように、決まりの金を納めると若だんなが言うと、大貞がにこやかに頷いた。

「初めて売ったにしちゃ、上々出来だ。下手をすりゃ、ほとんど売れ残るかもしれねぇなぁと思ってたからな」

そこで若だんなが、茶屋の姉さん達から助言を貰ったことを話すと、可愛《かわい》がられるような面《つら》の男は得だと、大貞の手下達からうらやむような声が聞こえる。

「私も、工夫しました」

若だんなは張り切って、妖達と色々考えたのだ。

「綺麗な薄い和紙を一枚買って、それを小さく切りました。上に一つ一つお菓子を置いて、きちんと箱に並べたんです。ぐっと高く見えるように」

妖達が味見して美味と言った菓子なのだから、間違いない品なのだ。後は買いたいと思って貰う為、菓子と己の見た目を整え、寄席では丁寧な言葉遣いで売った。さらに思い切って、菓子の値段も他の売り子達より、一文高くしたのだ。すると。

「売れました」

「ははぁ、なるほど。たった一文だが、他より高い菓子には違いない。皆、育ちの良い若だんなから、丁寧にその菓子を供され、いつにない贅沢《ぜいたく》をしてる心持ちになったのかね」

「菓子の安さで勝負しても、若くてかわいい娘さんの売り子には、負けますから」

若だんなの菓子は、特に年配の方々に好評だったと言うと、大貞が良い工夫をしたと頷く。手持ちが増えたので、明日はもう少し仕入れる菓子を増やせそうだと、若だんなは嬉しげに言った。

「ここに来た初日は一文も稼げず、どうなるかと思いました。まだ、己の口を養う程も稼げていませんが、頑張ります」

するとこの時少し咳《せき》が出て、若だんなは慌てて茶を飲み込む。

「きゅげ？」

ここで硬い表情で食べていた幸七が、箸を置いた。そして若だんなへこう言ったのだ。

「三人の内、今一番先の見通しが明るいのは、一太郎さんだと思う。本心だよ」

「へっ？　……こほっ」

「おれなど、最初に雇ってもらう先を見つけて、得意になってた。だが、これが存外、良くない手だったかもしれない」

この地に落ち着き、長く働くのであれば、人気がある小屋で雇って貰うのは、良い話だ。両国の盛り場なら、嵐《あらし》の日でもなければ客はくる。つまり幸七も、毎日金子を貰えるからだ。

「ですがおれたちが競うのは、この月限り。そして小屋じゃおれは新米だ。頂く金子は、小一郎さんより幾らか良い程度だ」

新参者が貰う金子だから、あんなものだと思いはするが、このままでは拙《まず》い事になる。毎日売り上げを伸ばしそうな若だんなに、じき、稼ぎを抜かれてしまいそうなのだ。

「いや存外おれは、小一郎さんにも抜かれるかもしれない」

小一郎は人探しをしている。無事、早く見つけられたら、雇い主は喜ぶだろう。

「まとまった金子を、お礼としてくれるかもしれないですから」

「へええ、色々考えるもんだ」

大貞に感心しつつ、今日は玉子焼きを素早く茶碗《ちゃわん》に入れ、ゆっくりと味わっている。

天井が軋む中、幸七はこれからのことを、早めに考えねばと口にした。

「おや、別の仕事でも考えてるのかい？」

「親分、それはこれから」

「しかし幸七さんは、心配性だねえ。一太郎さんの稼ぎは、ひょっとしたら増えるかもしれん。だが、下手すりゃ寝込みそうだし」

小一郎が、大枚《たいまい》の礼金を貰う事は……。

「いや、無理なんじゃないか？」

大貞がそういうのも道理で、小一郎は瘤に時々、絞った手ぬぐいを当てていた。

「おい小一郎さん。何があったんだ。大怪我《おおけが》でもされたら、おりゃ松田屋と河内屋から、山と文句を言われちまう」

大貞は小一郎が、転んだとでも言うと、思っていたのだろう。ところが。

うた。

皆の目が一斉に小一郎へ向く。寸《すん》の間《ま》部屋内が静かになり、若だんなが心配げに問うた。

「実は殴られました」

「そういえば小一郎さん、今日駆けてましたね。誰かから、追われていたんですか」

駆けてゆくのを茶屋から見たと言うと、小一郎は困ったような顔を向けてきた。

「それがな、おれは逃げてたんじゃないんだ。仕事で男を追ってたんだが……」

ところがだ。気がついた時、小一郎は前をゆく奴《やつ》を追いつつ、誰かに後ろから追われていたのだ。

「何だか気味が悪くなって、見世物小屋の脇で、一度立ち止まった。そうしたら」

小一郎は突然、小屋の陰から誰かに殴りかかられ、瘤を作ってしまったのだ。

「誰がやったかも分からないんだ」

すると、それを聞いた大貞が、いつになく怖い表情を浮かべた。碗を膳へ置くと、一体、誰を追っていたのか問うてくる。

「わざわざ追ってたんだ。そいつが誰かは分かってるだろう？」

小一郎が眉尻《まゆじり》を下げた。

「あの、仕事の事だし。娘御から、名は他に話してくれるなと言われてるんで」

「あのなぁ、その瘤は脅しだ。小一郎さんに追われた奴の、仲間がやったのさ」

もう追うな、手を引けと、木刀でも使ってきた訳だ。

「大店の息子が、それも分からず暢気《のんき》に追いかけ続けると、拙い事になるぞ。今度は小屋陰から、堀か川へ突き落とされかねん」

「まさか……そんなこと」

さすがに、小一郎の顔色が変わる。

「小一郎さんは泳ぎが達者か？　だといいが」

「親分、水練《すいれん》はしたことないです」

「今は冬だが、習っておくか？　溺《おぼ》れるかもしれんから、舟を貸してやってもいいぞ」

「……ならば、事情を話します。でも今の人探しが危ない話だとは、思えないんですが」

小一郎に仕事を頼んできたのは、本多良志乃《ほんだよしの》というお武家の娘であった。探す相手は良志乃の兄、本多竜次郎《りゅうじろう》だという。

「おや、妹が兄を探していたのか」

「竜次郎様は部屋住みで、よく家を空けられるそうで」

今回は急ぎの用が出来た故、良志乃が探すことになったが、その用も妙な話ではない。

「なんと、兄御に縁談が来たのだそうです」

「おやおや、目出度い」

よく遊んでいた両国の盛り場にいると見当をつけ、良志乃は小一郎を雇った。

「おれが追いかけていたのは、竜次郎様の遊び仲間で、竹吉《たけきち》という男です。実はそいつ岡っ引きの手下なんですが、今回竜次郎様は、その竹吉から呼び出されて出かけたんだとか」

しかし、小一郎が茶屋にいる竹吉を見つけ、竜次郎の行方を尋ねたところ、知らぬと突っぱねられた。最近は会った事もないと言われたので、おかしいと感じ食い下がった所、竹吉は盛り場の人混みに紛れ逃げ出してしまった。小一郎は咄嗟《とっさ》に、後を追いかけたのだ。

「ですが竹吉は人を捕まえる方の者です。その仲間が、おれを殴ったとは思えないんですが」

「竹吉……岡っ引きの手下ねえ」

部屋内の皆が顔を見合わせた。大貞が顔を大きく顰め、子分達へ視線を送っている。

若だんなは何故か不機嫌になった大貞を、少し首を傾げつつ見た。近くの影の内が、ざわめいた気がした。

5

翌日のこと。

目を覚ますと不思議な事に、袖内《そでうち》にいる鳴家以外、妖達が誰も近くにいなかった。

(あれ……?)

不思議には思ったものの、とにかく働きに出なければならない。昨日のうちに話をつけ、若だんなは別の寄席の昼席へも、菓子を売りに行く事になっていたのだ。ありがたい事に、菓子は昨日よりも楽に売れ、若だんなは一つ咳をした後、ほっと一息つく。

「少しずつでも稼げるって、そりゃ嬉《うれ》しいことだったんだね」

夜席で売る団子を仕入れに、またお姉さん達の茶屋へゆき、今日はちゃんと金子を出して茶を貰《もら》った。たった数文の事であったが、それが随分と誇らしかった。

次の団子が焼ける間に、昼餉にと渡されていた大きな握り飯を、端の方の床机で食べさせて貰う事にして、竹皮包みを広げる。すると、袖内から小鬼が顔を出してきた。

「きゅい、今日もお菓子、食べちゃ駄目？」

「ごめんね鳴家。余ったらあげるって言ったけど、みんな売れちゃったんだ」

堪忍《かんにん》ねと言って、若だんなが握り飯を分けると、小鬼達は「きゅい」と鳴いて大きな塊を抱え、影の内へ消えた。

すると、こっちへも寄越せと言って、他の妖達の声が聞こえてきたので、若だんなが、小声で話しかける。

「おや、みんな何処《どこ》へ行ってたの。朝になったら、消えてるんだもの」

屏風のぞきの声が、返ってきた。

「若だんな。小一郎さんは殴られるし、大貞の奴、昨日は随分不機嫌だっただろ？気になったんで、皆で一度長崎屋へ戻って、兄やさん達に話を伝えたんだ」

影の内から馴染《なじ》みの声が聞こえた。

「若だんな、具合はどうです？」

「仁吉、佐助、来てたんだ」

考えてみれば、二人とも妖なのだから、こっそり若だんなの元へ来ることくらい、簡単に出来る。

「久しぶりに声が聞けて、嬉しいな。長崎屋は、いつもの通り？」

長い間離れている訳でもないのに、若だんなはつい、問うてしまう。兄や達は優しい声で、店もいつもの通りだと言った。

炬燵《こたつ》に蜜柑《みかん》、暖かな布団《ふとん》、そして留守番の妖達が、若だんなの帰りを待っている。そう聞いた若だんなは、嬉しそうに笑った。

「働くのは月末までだもの。直《す》ぐに帰るよ」

だが兄や二人は、それを酷《ひど》く長いと感じているらしい。明日にも寝込むに違いない。三日後には熱を出しているかもと、地の底から、不機嫌な声がわき上がってきた。

「それに若だんな、盛り場は危ない場所です」

妖達から、小一郎の怪我を聞いたという佐助は、合戦の支度でもしかねない様子だ。

「瘤を一つ、こしらえただけだよ」

「若だんな、そいつはもの凄く、妙な事なんですよ。分かってますか？」

「そ、そうなの？」

兄やが力を込めて言うほどの事とは思っておらず、若だんなは戸惑った。小一郎は今朝元気に、人探しへ出かけたからだ。

しかし、佐助は引かなかった。

「小一郎さんを殴った男は、岡っ引きの手下、竹吉の仲間でしょう。そこが剣呑《けんのん》です」

何しろ小一郎は今、ここいら一帯の親分、大貞の世話になっている。

「盛り場に出入りしている岡っ引きや手下なら、そんな話は承知しているもんです」

なのに竹吉達は、その客人を殴った。

「きっと竹吉達は、お江戸を滅ぼそうと、若だんなを襲う気でいるに違いありません。奴らはその練習台として、小一郎さんを殴ってみたんですよ」

兄や達は若だんなが一番で、二から先がない。そして若だんなに何かあると、世がどうにかなるとまで考えているものだから、時々考えが、どこかとんでもなく奇妙な所へ迷い込んでしまう。

「佐助、途中から話が妙になってるよ。大丈夫だったら」

すると今度は、仁吉が話し出す。

「若だんな、やはり直ぐ長崎屋へ戻りましょう。大貞親分は、信用できませんから」

仁吉はそもそも今回、大貞が三人を競わせた事自体、奇妙だと言い張ってくる。

「はっきり申し上げます。縁もない男三人を家に置いて、稼ぎの高を見たがるなんて変ですよ。若い娘ならば、まだ分かりますが」

「それは……確かに」

「きっと、あくどい事を考えているんですよ。長崎屋を乗っ取って、若だんなと我ら妖が落ち着ける場所を、潰《つぶ》す算段かもしれません」

だから若だんなを、店から引き離したのだと言いだした。若だんなは、床机の上で握り飯の残りを飲み込み、溜息《ためいき》をつく。

「仁吉、どうして時々、驚くような話を思いつくんだい」

「若だんな、大体男の真の力など、半月ほどの稼ぎで計れるもんじゃありません。なのに大貞親分は、稼ぎを競わせた。おかしいです！」

「うん、それは確かに妙かも」

若だんなの事を除けば、兄や達の考えはいつも真っ当であった。

「こうして稼いでみて、よく分かった。そりゃ、怠けていちゃ稼げないよ。でも半月でどれほど金を手に出来るかは、運も大きく関わると思うな」

少なくともこの短い間の稼ぎで、幸七と若だんな、それに小一郎の実力を見通す事など、若だんなには出来ない。多分、大貞でも無理だろう。跡取り息子達と、この盛り場にいる者との差など、誰にも分かる訳もないと、今なら素直に思える。

「さて、親分さんはどうして、そんな無駄なことをさせたんだろうね」

ただ大貞は、冗談や酔狂でやったのではなかろうと思う。若だんな達三人は、両国の盛り場で働き出したのだ。つまりこの後、一度は大貞に頼み事を聞いてもらう事が出来る。

「うん、金を多く稼ぐ事より、親分の考えを知りたくなってきたな」

ここで若だんなが、また少し咳き込むと、仁吉が急ぎ袖の内へ、飴玉《あめだま》の入った袋を入れてくる。眉尻が下がった。

「仁吉、長崎屋から、貰い物はしちゃ駄目なんだよ」

「若だんな、もし熱が出たら、何と言われましょうと、離れへ連れて帰りますからね」

鳴家が飴の袋に飛びつき、しがみついて離さない。若だんなは笑いだし、飴は売らないからいいかと言って、鳴家を撫《な》でた。

「鳴家ならば、お菓子で釣れる。私はちゃんと働けることを示したくて、大貞親分の言葉に釣られた。さて親分はどういう事の為なら、動くお人なんだろうか」

考えている内、また咳が出てきた。若だんなは鳴家から、飴玉を一つ貰う事にした。

昼間咳が出ていたのに、休まず夜席へ菓子を売りに行ったら、夕餉の席で少し顔がほてってきた。

（ああ、拙い。風邪でもひいたか）

若だんなは鰯《いわし》の照り焼きに、溜息を向けた。己《おのれ》の病の事を、若だんなは本当によく承知していた。今回は仕事の為無理をしているから、少ししたら熱が上がるだろう。きっと暫《しばら》く床から、起き上がれなくなる。

（あと三日もすれば熱が出るかな。参った、私が働ける日は、あと三日だけか）

幸七や小一郎と最後まで競いたくても、多分、もう無理だ。そう考えた途端、若だんなはどきりとして、思わず膳に箸を置いた。

（私は……本当に最後まで、二人と競う気でいたのかな）

料理に箸が伸びなくなった。

（もし、本気で最後まで、二人と競争をするつもりなら。この四日間のように、無闇《むやみ》と張り切っちゃ、駄目だったよね）

若だんなは、もっとこまめに、休まなければならなかった。売り上げより、商いの工夫より、体の調子を一番に考えなければ、半月乗り切るなど無理だった筈《はず》だ。

（自分で、分かっていたよね？）

長崎屋では、兄《にい》や達があれほど毎日気を遣ってくれている。それでも、しょっちゅう病を拾っていたのだから。金を稼ぐ為、もし着ている着物まで売っていたら、それこそ、もっと早く熱を出していただろう。

（私は……本心は逃げていたのかな？　半月働き通す自信がなくて）

頑張って頑張って、頑張り通して病になれば、皆は仕方ないとして納得する。その上、若だんなにしては良くやったと、言ってもくれるだろう。

（私はその言葉を待っていたのかな。だから無茶をしたんだろうか）

若だんなはこみ上げてくるものを感じて、早めに夕餉を切り上げた。部屋に戻り布団を敷き始めたが、目に涙が盛り上がってくる。

「本当に働きたかったんだ。嘘《うそ》じゃない。寄席でお菓子が売れた時は、そりゃ嬉しかったんだから……」

最初に手にした四文銭はお守り袋に入れ、今も大切に持っている。初めて自分自身で見つけた仕事は楽しかった。もっと稼いでみたかった。自分でも頑張れると思うと、無理をしているかなと思っても、突っ走ってしまったのだ。決して……逃げではなかった。

（あげく、他の二人について行けなかった）

情けなくて、泣きたい気持ちが波のように何度も寄せてくる。若だんなが下を向いていると、幸七と小一郎も戻ってきた。

「一太郎さん、食が進まなかったな。相変わらず弱っちいことだ」

「大丈夫かい？」

競っている相手ゆえか、興味津々《しんしん》で二人は聞いてきた。若だんなは、どうやら風邪をひきそうだと正直に告げた。

「じき熱が出て、仕事が続けられなくなると思う。私は多分、皆と競えなくなるよ」

「何と……それは残念だというか、やっぱりというか」

すると、苦笑する幸七の横で、今度は小一郎が、己も話があると言いだした。

「実はその……私も稼ぎの競い合いから、降りようと思っているんだ」

「は？　それはまた、どうして」

若だんなと幸七が、思わず顔を見合わせた。

6

小一郎が競いを止めるのは、今の仕事を頼んできた、良志乃の為であった。

「良志乃様はどうやら、兄上が矢場か茶屋女の所にいると、思っていたようなんだ」

それで小一郎を雇い、おなごの所から引っ張り出してもらおうと、考えていたらしい。多分以前にも、そんな事があったのだろう。

ところが。

「今回は、ご当人が捕まらないんです」

良志乃は兄に会うことが出来ず、心配している。しかも直ぐに終わると考えていた故《ゆえ》か、手持ちの金子が足りなくなりそうなのだ。

「困っておられる。よっておれは、礼金無しで働き続けるつもりです。だけど」

商家の跡取り息子三人で、月末までの稼ぎ高を競っている所なのだ。なのに小一郎は、金は要らぬと言おうとしている。

「それじゃ勝負になりません。だから、おれは一足早くに降りようと思って」

そして堂々と、良志乃様の手伝いをするのだ。聞いていた幸七が、口をへの字にした。

「そうかぁ。止めはしないが、金が要らぬとは、商人らしからぬ考えだな」

二人が降りれば、小屋の呼び込みを続けていても、幸七の勝ちが決まる。しかし。

「おれはもっと派手に勝つ気でいたんだが」

幸七は、新しい商いを考えついた所であった。余所《よそ》から盛り場へ新たにやってきた者の内、芸が達者な者を集め、幸七が売り出そうと思っていたのだ。しかしその前に、二人が止めると言いだした。

「やれやれ。大貞親分は本当に、何でこんな競い合いをさせたのかね。これで男が計れるとは思えん」

幸七も、兄や達と似た事を口にする。ここで小一郎が一段と声を低くし、二人を部屋の真ん中に集めた。

「あの、大貞親分の事なんだけど。どうも素振りが妙じゃないか」

「妙？」若だんなと幸七が、顔を近づける。

「今日、先だって見失った岡っ引きの手下、竹吉を道で見つけたんだ。竹吉の奴、何と、大貞親分の子分と話をしてた」

それは小一郎が競争を止めようと思った、もう一つの理由でもあった。竜次郎と竹吉と大貞に、繋《つな》がりが見えてきたのだ。もし、失踪《しっそう》に大貞が絡《から》んでいるのなら、その家に厄介になっていたままでは、見つけられない。

「大貞が、竜次郎様を隠しているって？」

幸七が眉をひそめる。

「それこそ訳が分からない」

ここで若だんなが立ち上がった。自分にはあと三日程しか時がない。ならば、考え込んでいる暇はないので、直に大貞へ、竜次郎の事を問うてみると言いだしたのだ。

「このまま長崎屋へ戻ってしまったら、真実が何だったか、酷く気になりますから」

「で、でも、大貞親分が竜次郎様を隠しているんなら……素直に教えてくれるとも思えないが」

若だんなは、にこりと笑う。

「親分が敵方にはっきり回ったら、こちらも色々手を打てるじゃありませんか」

「ああ……なるほど。立場を確かめにいくんですね」

「わあ、一太郎さんは、結構威勢良いですね」

「そう……なのかな」

とにかく寝込む前にと、若だんな達は夕餉《ゆうげ》の後、長火鉢《ながひばち》の脇《わき》で一服している大貞の元へと向かった。

そこで竜次郎を呼び出した竹吉と、大貞の子分が何やら話していたことを告げる。続けて、大貞が竜次郎を隠していないか聞いたものだから、部屋内にいた子分達が、顔を顰《しか》めざわめいた。

大貞は軽く笑った。

「おりゃ、小一郎さんの商いを邪魔しちゃいねえよ。おれが動いたんじゃ、競争にならねえだろうが。何もない」

馬鹿《ばか》な考えは持つなと言われ、若だんなは親分の顔を、寸の間じっと見つめた。

「成る程、そうなんですね。分かりました」

若だんなは頷《うなず》くと立ち上がり、幸七らと共に、あっさり部屋へとって返す。それから二人へ、自分は三日後でなく、今から金稼ぎを止めると言いだした。若だんなは大貞へ、子分の話をした。なのに親分は子分達に何も問わず、直ぐ否定した。

子分を信じきっているんだろうか。それとも、自分の子分が竹吉と会っていたことを、知っていたんだろうか。

「親分には、きっと隠し事があります。そいつは、何で私たちを競わせたのかという事とも、繋がっているかもしれない」

ならば若だんなは、長崎屋へ戻るまでの時を、その調べに使いたいのだ。すると小一郎は、己も竜次郎を探しつつ、協力すると言いだした。分かった事があったら、若だんなへ知らせるという。

「竹吉の周りを、もう一度調べてみる」

幸七が、口元をひん曲げた。

「おれはどうしようか。もう金稼ぎにゃ意味がない。呼び込みを続けても無駄だし」

ここで若だんなは笑みを浮かべ、幸七に調べて欲しい事があると言いだした。三人が競争させられた訳を三つ考えてみたのだが、それが真《まこと》か否《いな》か確かめる暇が、若だんなにはないのだ。

「一つは商売敵の商人《あきんど》が、己の跡取りと比べたいと、我らの出来を調べたという考え」

「二つ目は、我ら三人の弱みを握りたいと思った商人が、いたという考え」

「三つ目は、嫁を押っつけようとする親が、勝手に三人の出来を調べたという考えです」

途端幸七は、溜息をついた。

「あー、そりゃ三つ目だな」

「へっ、幸七さん、そうなんですか？」

「小一郎さんは、縁談に悩まされた事はないのか。間違いない」

そういうことならば、自分は料理屋河内屋から、何とか大貞の考えを聞き出してみようと、幸七が言い出した。河内屋と武蔵屋の主《あるじ》は、幼なじみなのだそうだ。

「何か知ってるかもしれん。いや、事は河内屋さんから始まってる。知ってる筈だ」

若だんなは頷いて、自分は事の根本、大貞を探ってみると言いだした。二人が目を見開き、若だんなを見つめる。

「今、正面からぶつかって、跳ね返されたところなのに？」

「子分達も、我らを見て眉をつり上げてましたよ。一太郎さん、度胸ありますね」

「まあ、色々やり方はありますから」

若だんなは笑い、袖内でうんうんと頷いている、頼もしい味方を撫でる。小一郎が口の端を引き上げた。

「なるほど、商人は一見じゃ分からない、か」

明日は早くから動くと決め、三人は早々に横になると、行灯《あんどん》の灯を落とした。


朝一番、朝餉を握り飯に丸め、幸七はまず親に会うと言い、外へ駆け出していった。ちょいと不器用な小一郎は、食べた方が早いと飯をかっこみ、早々に外へと消える。若だんなの味方である妖達は、既に夜明け前の台所や、あちこちの部屋などで、噂《うわさ》話《ばなし》を拾い始めていた。

咳が続き始めた若だんなは、今日は具合が悪いので稼ぎは止めると、大貞の手下達へ言って、部屋で休んでいた。すると小鬼が戻ってきて、一番、一番と言って話し始める。

「若だんな、大貞は変。何もないって言ったのに、昨日、子分を叱《しか》ってたって」

次は屏風のぞきが話をする。

「子分の正助《まさすけ》って奴と、いつも大貞といる富松《とみまつ》って奴が喧嘩《けんか》になった。訳は、分からん」

正助の分《ぶ》が悪く、ぷいとどこかへ消えてしまったという。すると今度は、鈴彦姫が顔を出す。

「大貞親分が、出かける支度をしてます」

「こほっ、ならば私もついてゆこう」

「おい、鳴家。先に追っていけ」

金次の声を聞き、鳴家達が姿を消す。大貞とその子分達は、どう考えても病の若だんなよりも足が速そうだからだ。

「こんなに妖達に助けてもらって、いいのかしらん」

表の道へ出ると、若だんなは首を傾《かし》げる。すると鈴彦姫の明るい声がした。

「もう競争じゃないんですから、かまわないですよ。今度はご褒美《ほうび》に、お菓子がもらえるだろうって、みんな楽しみにしてます」

「ああ、沢山、お菓子を買って帰ろうね」

今日は寄席に行かぬので、仕入れをしなかった。だから若だんなの懐《ふところ》には、金子が入っているのだ。

「嬉しい。うさぎの餅菓子《もちがし》が好きです」

せっせと歩きつつ若だんなが頷く。しばし後、袖を内からくいと引っ張られた。

「大貞、あの小屋の中」

鳴家が指さした小屋を見て、若だんなは吃驚《びっくり》した。朝早くに別れた小一郎が近くにいて、小屋を見ていたのだ。目が合い、小一郎も驚く。

「何で一太郎さんが、ここに来るんです？　あ、今来た大貞親分に、ついて来たんですか」

小一郎の方は、岡っ引きの手下、竹吉の後をつけてきて、ここへ行き着いたらしい。

小一郎は小屋を、賭場《とば》ではないかと言った。

「で、思いついたんです。今回竜次郎様は、矢場や茶屋にはいない。賭場にいるんじゃないかって」

賭け事《かごと》に夢中になったので、屋敷へ戻らないのではないか。若だんなは、なるほどと頷いてから、小屋の周りを見て回った。

「ここは大貞親分の縄張りだ。賭場だとしたら、仕切っているのは親分だよね」

そこへ親分と竹吉が、入っていったのだ。

「二人は胴元《どうもと》と客かしら？」

だとすると竹吉は、岡っ引きの手下なのに賭場に出入りした事を話したくなくて、小一郎から逃げたのだろうか。ならば大貞と竹吉、そして竜次郎が繋がる。しかし、小屋を表から見ていただけでは、その真偽は分からなかった。

「こっそり入り込めないかな」

「へっ？」

盛り場の小屋の多くは葦簀《よしず》張りだから、隙間《すきま》がないかと若だんなは調べ始める。後ろから小一郎が付いてきて、その様子を興味深げに眺めた。

「一太郎さんって、本当に大胆なお人だったんだ。驚きです」

「そうですか？」

その時、「きゅげ」という短い声と共に、鳴家が袖を内から引いた。若だんなが何事かと振り向くと、小屋を目指して道を来る姿が見える。何と幸七であった。

「ああ小一郎さん、一太郎さん、会えて良かった。話したい事が出来たんで、来たんです」

「幸七さん、どうしてここが分かったんですか？」

どんな用があるにせよ、たまたまこの小屋へ来た若だんな達と出会えた事が、酷く不思議であった。幸七も不思議な顔をしている。

「分かった事があったんで、急いで大貞親分の家へ戻ったら、二人とも外出中。さて、何処に行ったら会えるかと困ってたら、大貞親分の子分さんが、案内してくれまして」

「わ、私たちがどこにいるのか、知ってたお人がいたんですか？」

すると、幸七の後ろから当の子分が顔を出し、にやりと笑った。見た事のある男であった。

「一太郎さんが親分の後を追ったのは、直ぐに分かりましたよ。昨日も親分に、竜次郎様の事を聞いてましたし。何か疑ってるんですね」

ならば。

「三人にも、我らの話し合いに加わってもらいましょうか」

「は、話し合い？」

若だんなと小一郎は、顔を強《こわ》ばらせる。幸七は未《いま》だに訳の分からぬ顔のまま、とにかく三人は、他にも現れた男達に囲まれ、小屋の内へと連れて行かれた。断わる事も出来なかった。

「きゅんいー、若だんなが、危ない！」

「ぎゅい、怖いっ。長崎屋に、知らせなきゃ」

「きゅわーっ」

その時急に小屋が大きく軋《きし》み、若だんなは不安げな表情で、小屋の天井へと目を向けた。

7

「おや、親分さんもおいでだったんだ」

幸七が目を見張る。小屋の内は、茣蓙《ござ》や行李《こうり》などが散らばっているくらいで、一見寂しい場所に見えた。

その行李の一つに大貞が座っていて、隣には富松が立っている。二人は現れた跡取り息子達を見て、眉を上げたものの、酷く不機嫌な表情のまま黙っていた。

その向かいに竹吉や子分らしき者がいる。今若だんな達を小屋へ入れた子分も、そちらに加わったので、若だんなは眉をひそめた。視線が絡むと火花が散りそうなのに、場は怖いほど静まっていた。

「竹吉さんが、子分方を従えてる。竹吉さん、客じゃないんだ？」

小一郎が小声で言い、竹吉からちらりと見られて、慌《あわ》てて黙った。若だんなはその様子にじっと目を向けた後、しばし考え頷くと、横にいる幸七へ声をかけた。

「幸七さん、私らに話があるんですよね？　今、言ってください」

「えっ、でも。ここは何というか……親分さんもいるし」

酷く言いだしづらそうであったが、若だんなは重ねて促す。

「今でなけりゃ、話せないかもしれないよ。私らは、大貞親分と竹吉さん達のいざこざに、巻き込まれたみたいだから」

「えっ……」

今は双方睨《にら》み合っているが、揉《も》め始めたら、言い合うだけで済むかどうか分からない。若だんながそう言うと、幸七は剣呑な場へ驚きの目を向け、一転、急いで話し始めた。

「おれは今朝、料理屋河内屋へ行ったんだけど」

若だんな達が稼ぎを競う事になった事情を、しっかり摑《つか》んできたのだ。

だが、しかし。

「おれが相手じゃ、河内屋さんは知ってる事があっても、全部吐き出さないと思った。

で、おとっつぁんを引っ張り出したんだ」

二人は古い知り合いだが、どちらかというと、河内屋は武蔵屋が苦手なようなのだ。

「もっとも、おとっつぁんは暇じゃない。だから今回の競い合いの事で、おれが感じた疑問を、あること無いこと、針小棒大にあれこれ言い立てさせてもらったよ」

おやおやと言い、大貞が片眉を上げる。酷く息子を心配した父親と幸七に挟まれ、逃げ出す事も出来なかった河内屋は、半時で落ちた。

「白状したんだ。大貞親分がおれ達を競わせたのは、この辺りの店主何人かに頼まれたからだって」

「あ、やはり三番でしたか」

幸七は苦笑を浮かべた。

「婿《むこ》がねとしてどうなのか、おれたちの中身を見たい御仁《ごじん》が、五人いたみたいだ」

「む、こ、が、ね」

小一郎が思い切り目を見開き、若だんなが半眼を大貞へ向ける。親分の表情が僅《わず》かに和らぎ、そしてあらぬ方へ顔を逸《そ》らした。

商人達は、跡取り達が稼げる商人であるかどうかを、知りたがったのだ。

「ああ、多分お金が動いて、大貞親分がその仕切りを引き受けたんだね」

小一郎が納得の声を上げる。つまり大貞に頼んだ商人達も、半月の稼ぎ高には、余りこだわっていないと思われた。

「それは分かったが……何で、親分さんと竹吉さんが睨み合っているんだ？」

「それは」若だんなが話し出した途端、竹吉にうるさいと言われて黙る。しかし大貞は若だんなの推察を聞きたがった。

「おれに、跡取り息子が他と違うところを、見せてみな」

「分かりました。なら言いますが……」

若だんなの目が、竹吉の方を向く。

「ここは大貞親分の賭場の一つで、預かっているのは、多分竹吉さんなんでしょう」

竹吉は子分でもあり、岡っ引きの手下でもあるのだ。そして竜次郎はここの客だ。しかし大貞と竹吉の間には、意見の違いがあるように思える。それで二人は今、睨み合っているのだ。

「そう考える理由は？」

今度は親分の横から、富松が問うてくる。

「竹吉さんを追っていて、小一郎さんが殴られたからかな」

親分さんが世話してる者を、喧嘩でもないのに子分が殴るなど、普通なら考えられない。すると幸七が若だんなに問うた。

「大貞親分と子分が、何で揉めるんだ？」

「ここからは私の考えですが。多分原因は、私たちの競い合いです」

「は？」

幸七と小一郎が、互いを見合う。

「ほら、私たち三人の競争は、格好の賭《かけ》の元になるじゃありませんか」

若だんな達を知る大店《おおだな》の商人達を誘い、誰が一番になるか、大枚《たいまい》を賭けて貰えるかもしれない。並の賭とは額が違ってくる。しかし大貞は、己が仕切っている競争ゆえに、三人の事で賭けるのを、許さなかったのだ。

「あ……結果に手心を、加える事が出来るからか」

小一郎が納得の表情を浮かべる。面子《めんつ》が一に大事な親分は、名を損ねるやり方はしないのだ。

するとここで、大貞が笑い出した。

「察しがいい。そこまで皆の動きを読めりゃ、一太郎さん、賭場で雇ってもらえるぞ」

最初、仕事を探す場を間違えたなと言われ、若だんなは目をぱちくりする。

「しかしな、おれが駄目だと言ったのに、この竹吉ときたら、お前さん達の競争を、こっそり賭に使ったのさ」

それでなくとも小一郎を殴った為、竹吉達は一度、大貞と揉めている。二人は今日、いよいよ正面から睨み合う事になったのだ。

するとこの時袖内で、「きゅうう」と鳴家達が小さく鳴いて、身を縮めた。

(あ……来る)

若だんなが背筋を伸ばしたその時、黙って話を聞いていた竹吉が、うっすらと笑い出した。そして一旦《いったん》若だんな達へ目を向け、その後、視線を大貞へ戻す。

「両国の盛り場っていう、大金が動く地を仕切っているってぇのに、親分は堅すぎるんですよ」

親分が関わっていようが、結果の数字にちょいと手心を加えようが、この盛り場にいる者達は文句を言わぬと、竹吉は言いきった。

「おや、おれの子分だけでなく、岡っ引きの手下をしているとも思えねえ言葉だな」

大貞が言えば、なに岡っ引きであっても、稼がなきゃいけないのは同じと、悪びれもせずに返してくる。

(来る……ああ、これは怖い)

若だんなは顔が強ばってくる。しかし竹吉の言葉は淡々と続いた。

「親分だって、うちの岡っ引きとは仲良くしたい筈だ。もうちっと融通利《ゆうずう》かせて下さいな」

「おい、このおれへ、命じる気か」

「わっちらはね、この兄さん方のいる場で、親分たちと一戦交えたかぁ無いんでさ」

もし……もしこの三人が怪我《けが》をしたり、万に一つ命を落としたりしたら、大貞の名は、地に落ちてしまう。勿論《もちろん》大商人である親たちは、大貞を許さないだろう。

「で、どうします？　ちょいと余裕を持った考え方を、してもらえませんか？　そいつがお互いのために、一番なんだが」

諾と言わねばこの場には、どすと拳固《げんこ》が現れる訳だ。大貞の顔が恐ろしいものになった。

「竹吉、てめえ誰にものを……」

言いかけた、その時であった。若だんなが突然、大きな声を上げたのだ。

「くるっ。いや、来たぁっ」

「きょんげーっ」

賭場に言葉が響いた。

同時に地響きもし、風が舞った。

葦簀張りの小屋の壁が、突然消し飛んだのだ。そして世にも怖い顔をした二人の男が現れた。竹吉とその仲間が、どすへ手を掛ける。だがその時男らの体は、空へ吹っ飛んでいた。

「う、嘘だろう」

大貞が呆然《ぼうぜん》としている僅かな間に、竹吉と仲間達は他の小屋の上を過ぎ、やがて何かが景気よく水に落ちる音が、賭場にまで響いてきた。本当に驚く間も無いほど、一瞬の出来事であった。

「うっ……」

さすがの大貞達も、声も無く二人を見ていると、若だんなが「ありゃあ」と言って、兄や達へ近寄っていった。

仁吉と佐助の細い黒目が、若だんなを見る。

「離れていても聞こえましたよ。あやつらは、若だんなに怪我をさせると言いました。命を狙《ねら》うと言いました。剣呑な奴らの仲間は、他にいませんか？」

「うん、もう大丈夫だから」

それにしても、今日は派手にやったねえと言って、若だんなは苦笑している。だがここは大貞の縄張りだから、大事にはならないだろう。そう言って顔を向けると、大貞が頷く。それから親分は、大きく息を吐いた。

「やれ、たった半月の楽な話だと思っていたのに。こういう結末になろうとは」

するとこの時小一郎が、一人落ち着いた顔で、すたすたと小屋の奥へ行った。やはり竜次郎は賭場にいたようで、じき探し当て、皆の前へ連れて出てくる。それから小一郎は、己が良志乃に雇われた経緯を話すと、早く屋敷へ帰るよう言ったのだ。

「縁談があります。さっさと御養子に行かれて、心配をかけたご家族に安心して頂かねば」

「それがその……おれはこの賭場に、まだ大分、負けた分の借金があるのだ」

小一郎は片眉を上げ、それから大貞を見た。

「親分、三人で稼ぎを競ったら、一つ頼みを聞いて頂ける約束でした。竜次郎様の借金、無しにして下さい」

「おい、それでいいのか。他人の借金だぞ」

「それでこの方がお屋敷へ帰れたら、おれの仕事は終わりますから」

すると横で幸七が笑い、今回の競争の一番は、自分だと言いだした。三人の跡取り息子の間で、話は付いているのだ。

「だから親分さん、おれは二回分のお願い、その内取り立てに来ます。よろしく」

そして事は露見したので、もう競争は終わりだ、そろそろ店へ帰ると、幸七はちゃっかりした事を言う。若だんなはほっとしたせいか、ごほごほと咳《せき》を繰り返し、ここでまた二人の兄やの顔つきが一気に険しくなる。

兄や達は大貞の方を向いた。そして、二人はもの凄《すご》く腹を立てており、大貞はそのことを忘れてはいけないと言ったのだ。

「親分、今回の貸しは後日きっと、がっちり回収させて頂きますから」

「……分かった。その、一太郎さんの具合を悪くさせて、済まねえ」

それと、毎日届いたお菜は美味《うま》かったと言うと、手妻《てづま》のように取り出した綿入れに、若だんなをくるみ込んでいた兄や達の表情が、僅かに緩む。

若だんなは佐助の小脇に抱えられ、競争相手二人や竜次郎と共に、月末を待たず家へ帰る事になった。

8

「饅頭《まんじゅう》、おもち、大福、お団子」

長崎屋に帰った妖《あやかし》達は、若だんなが隣の三春屋《みはるや》でたっぷりと菓子を買ってくれたので、ご機嫌であった。

だが若だんなは己の見立ての通り、見事に寝込んでしまい、藤兵衛はおたえに、叱られることになった。

それでも小鬼達が、沢山潜り込んできて、きゅわきゅわ鳴いているので、布団は何とも暖かい。若だんなが今回は嫌がらず、真面目《まじめ》に薬を飲んでいると、兄や達の表情も緩んで、他の妖らと色々噂話を聞かせてくれた。

「若だんな、面白い話を耳にしました。一緒にあの下らない金稼ぎをした小一郎さんですが、何と、お武家になられるそうです」

「は？　こほ、お武家？」

「今回の働きを見て、向いていると思った方が、何人もおられたようですね」

御家人の株を買い、ある跡取りのいないお武家の、養子になる事が決まったのだという。松田屋ならば株を買う大枚を出せる。それに店は次男に預けた方がよいと、皆が納得した上での話だそうだ。

「竜次郎様のお父上本多様も、間に入られたとか。その内、良志乃様が小一郎様へ嫁入りされるかもと、噂です」

「ほえ、こほっ、そんな話になったんだ」

「若だんな、次はあたしが話す」

「いえ、あたしですよう、若だんな」

今度は妖達が、別の縁談の話を始める。何と大貞は、目の前で兄や達に暴れられたというのに、懲《こ》りなかったようだ。

「話を持ちかけてきた商人達に、若だんな達三人のことを、あれこれ噂したらしい」

屏風のぞきや鈴彦姫が楽しそうに言うと、金次が若だんなの顔をのぞき込んで、お前さんの話も出たらしいと言って笑う。

「あんまりにも寝込んでばかり。だから身代《しんだい》が大きい割にゃ、長崎屋への縁談は少なかった。だがそれも、昨日までの話だな」

どうやら仲人《なこうど》が山と現れ、兄や達にけ散らされていると言い、貧乏神がへらへらと笑う。丈夫で年上の幸七に至っては、面倒だと親が言うくらい、縁談が集まっているらしい。

「へえ……ごほっ」

若だんなは、また咳き込んだあと、ちょいと首を傾げた。その様子を見て、佐助がにこりと笑う。

「大貞の親分、跡取り三人のことを、気に入られたようですね」

「きゅわ、何で？　お菜くれたから？」

「暴れた姿が、格好良かったからだろ。あ、暴れたのは、兄やさん達か」

「屏風のぞきさん、きっとあたし達が色々調べたからですよ」

役に立つ、頭がいいと思って貰えたのだろうと、鈴彦姫が口にする。

「違いねえな」

妖達は機嫌良く喋《しゃべ》り、食べ続けている。若だんなはその様子を見てにこりと笑うと、お守り袋に入れた、大事な稼ぎの四文銭を握りしめる。

喉《のど》の痛みが、少し取れた気がした。

こいさがし

1

江戸の繁華な大通り、通町《とおりちょう》にある長崎屋《ながさきや》の母屋《おもや》に、若い客人が訪れていた。

その二人は、廻船問屋《かいせんどんや》兼薬種《やくしゅ》問屋、長崎屋の客ではなく、おかみである、おたえの知り人であった。

「まあ、於《お》こんさん、大きくなられたこと。器量よしになったわね」

大きな息子がいるのに、雪の一片《ひとひら》に例えられる綺麗《きれい》なおたえからそう言われ、十四の於こんは少し恥ずかしそうな顔をした。すると横に座っている羽織姿の若い男が、笑いつつ於こんを見た。

「いつもお転婆《てんば》な於こんちゃんが、今日はしおらしいこと」

於こんは頬を膨らませ、そして少しまぶしそうに、隣の顔を見つめる。

「六也《ろくや》義兄《にい》さん、あたしはおたえ様の前で、一所懸命お行儀良くしているのに。それをからかうなんて酷《ひど》いわ」

「あはは、こりゃ悪かったね」

優しく六也が言うと、今度は於こんの顔が、紅《べに》を刷《は》いたようになる。それを、おたえがじっと見ていたその時、部屋の縁側から声がかかった。

「おっかさん、お呼びですか。一太郎《いちたろう》です」

障子がすっと開き、若だんなが南蛮菓子のぼうろを、たっぷり入れた木鉢を持って現れる。おたえは一人息子を横に座らせると、振《ふ》り袖《そで》姿の於こんと、その姉の夫、六也を紹介した。

「於こんさんは、昔からの知り合いの娘さんでね。暫《しばら》くうちで預かって、行儀見習いをしてもらおうと思うの」

つまり於こんは、良き嫁《とつ》ぎ先を見つける為、おたえの所へ学びにきたのだ。若だんなは於こんを見ると、大きく目を見開いた。

「おやまあ……珍しいお客様ですね」

そして若い娘御ゆえ、大分習うことがありそうですねと笑う。おたえが頷《うなず》いた。

「於こんさんは、これからこの母屋で寝起きをするの。だから離れからも姿が見えるだろうし。一太郎、お前にも話しておかなきゃと思って」

ここでおたえがちらりと、若だんなの袖口から顔を出している小鬼へ目を向けたので、若だんなは、わざわざ呼ばれた訳を知り、ちょいと鳴家《やなり》の頭を撫《な》でた。

若だんなの祖母、先代長崎屋の妻はおぎんと言い、人ならぬ者、大妖《たいよう》であったのだ。よって長崎屋は今でも妖《あやかし》達と縁が深い。中庭の稲荷《いなり》には、おぎんの娘、おたえを守る守狐《もりぎつね》達がいるし、離れには、孫の若だんなを取り巻く妖達が集っており、のんびり楽しく暮らしていた。

そして妖達は長崎屋へ新しい奉公人が来ると、物珍しいものだから、毎度、興味津々《しんしん》となる。それが於こんのように綺麗な若い娘となれば、わざわざ母屋へ出張って、ちょっかいを出しかねなかった。おたえは若だんなに、妖達が馬鹿《ばか》をしないよう、気を配れと言っているのだ。

「分かりました。離れの者には、ようく言っておきますから」

だが建物を軋《きし》ませる妖、鳴家が早くも集ったのか、母屋の天井がいつになく、きゅわきゅわと鳴っている。

(ありゃ、妖達は於こんさんに、もう気づいてるみたいだね)

若だんなが困った顔で上を見ていると、六也が頭を下げてきた。

「於こんは妻の、たった一人の妹です。そして妻の於べにと於こんには、既に二親はいないんですよ」

　よって自分達夫婦が、今は於こんの親代わりだという。

「於こんには是非、立派に諸事を身につけてもらい、良縁を得て欲しいのです。持参金も、しっかり用意しております」

　よろしくお願いしますと六也が言うと、おたえが一段と艶《つや》やかな笑みを向けた。

「六也さん、今の言葉は本気ですよね？」

「おたえ様、勿論《もちろん》でございますよ。大事な妹ですから、私は時々、於こんの様子を見に来ようと思っております」

　するとおたえは、またにこりと笑い、六也へやんわりと言ったのだ。

「あら、それは駄目ですよ」

「は？」「えっ、何で……」

　六也と於こんが揃《そろ》って驚く中、おたえがゆったりと長火鉢《ながひばち》へ手を掛け、二人を見る。

　ここで若だんなと鳴家は、一寸首《ちょっと》をすくめた。

（おっかさんは優しく言ってるけど……こりゃ本気で、駄目なんだろうな）

　若だんながちらりと於こんを見た時、おたえは優しく話し始めた。

「六也さん、於こんさんは時々、ぽうっとした目でお前さんを見ているわ。その事、承知しているわよね？」

「えっ、あの、何を」

六也は狼狽《うろた》える。

「あ、あの、自分の妻は於べにでございます。私は妻を、大事にしております」

おたえが小さく息を吐いた。

「それは分かってますよ。でもね、殿方というのは大切な妻がいても、綺麗な若い娘から慕われるのは、嫌いじゃないから」

妻の妹だし、六也は於こんと、どうこうなる気はなかろう。だから。

「於こんさんをお返ししますと、うちから言うまで、六也さんは長崎屋へ顔を出してはいけません」

その代わりきっと諸事を教え、縁談が数多《あまた》来る娘にしましょうと、おたえが言う。六也は眉間《みけん》に皺《しわ》を寄せ、寸《すん》の間《ま》目をつぶった。そして。

「分かりました。私は呼ばれるまで、伺ったりしません。その、於こんをよろしくお願いします」

それから居住まいを正すと、六也は再びおたえに、深く深く頭を下げたのだ。

「えっ……あの、だって……」

驚き、半泣きとなったのは於こんだ。だが、頷いたおたえと義兄の間で、早々に話はついてしまった。六也は、元気で頑張るようにと於こんへ言い置き、長崎屋から帰ってしまったのだ。

「あたし……時々見てただけなのに」

気がつけば一人で見知らぬ店に残され、十四の於こんは狼狽えていた。義兄はもう、於こんの様子を見に来てはくれぬという。

「何で……」

「於こんさん、ちゃんと良き殿方へ嫁げるよう、色々頑張って覚えましょうね」

おたえが、於こんの師となってもらう為、自分付きの女中、おてつを呼んだ。

「芸事はお師匠さんを探すとして、身の回りや家の仕事は、おてつに教えて貰《もら》いましょう」

於こんは頷いたものの、早、半べそをかいている。若だんなは眉尻《まゆじり》を下げると、ぼうろを母へ渡し、そっと部屋から出ていった。

2

於こんが長崎屋へ来て五日。

離れの妖達は、新しく来た綺麗な娘の話をして、毎日盛り上がっていた。

もっとも、まだ誰も母屋へ押しかけてはいない。若だんなから止められている上、於こんの噂《うわさ》は、放っておいても向こうからやってくるからであった。

またいつものように、風邪で寝付いた若だんなの介抱をしつつ、皆は離れで噂話を楽しんでいた。

「若だんな、炬燵《こたつ》、温かいですか。何ならもう二枚くらい、炬燵布団《ぶとん》をかぶせましょうか」

「けほっ、佐助《さすけ》。これじゃ埋まっちまうよ」

何だか息が苦しいよと告げたところ、首を傾《かし》げた佐助が、若だんなを布団から掘り出しにかかる。その横では鈴彦姫《すずひこひめ》が幸せそうに、喉《のど》に良い蜜《みつ》入りの飲み物を作っていた。

「おてつさん、毎日あれこれ、於こんさんに教えてますけど」

何だか上手《うま》くいってないみたいと、鈴彦姫が若だんなへ報告する。小鬼達もきゅわと鳴いて頷き、花林糖《かりんとう》をかじりつつ、於こんが苦労していることを並べだした。

「きゅい、自分の髪、結うこと、於こんさん下手ーなんだって」

「縫い物も、駄目。針、持ったことがあるのかって、おてつさんに聞かれてた」

「飯炊《めした》き。ぎゅべー、お釜《かま》の飯、焦《こ》がしてた」

「料理、不味《まず》ーっ！」

若だんなは炬燵で横になったまま、佐助と目を見合わせる。

「妖達は、不味いって評判の栄吉《えいきち》のお菓子でも、喜んで食べるのに。けふっ、於こんさんは一体、どんなお菜《さい》を作ったのかしらん？」

「若だんな、於こんさん、掃除のやり方も変。きゅわ、おてつさんに箒《ほうき》でぶたれてた」

「……変な掃除って、何だろ？」

若だんなは、真剣に考えたものの、答えなど分からない。しかし一つ、はっきりした事があった。

「於こんさん、そのぉ、不器用みたいだね」

この分だと長崎屋での奉公も、長くなるかも知れない。若だんながそう言っていると、おてつの小言がまた、離れにまで聞こえてきた。どうやら於こんは今日も、飯炊きで苦戦しているらしい。

「於こんさんっ、何遍同じ事を言ったら、ちゃんと火加減が出来るんですか。夕餉《ゆうげ》のおまんまを、全部炭に変えちまう気ですか」

「だ、だって。おてつさん、急には無理よ」

「急って……もう、十四でしょう。今まで何を習ってきたんです？」

江戸では十三にもなれば、嫁に行けるのだ。十五と聞けば、もう娘盛《むすめざか》りと言われる。

「そんなに言わなくったって。お嫁には、その内行けるってば」

何しろ江戸には、おなごより男の方が多く住んでいると、於こんは言いだした。きっと貰い手はある。いや六也の顔を拝めない日が続くのなら、格好が良くて優しくて、於こんが大好きなあげや卵を買ってくれる他の殿御へ、直《す》ぐに嫁いでも良い。そう思っているらしかった。

だがおてつは、於こんの考えを聞くと、ふんと笑うように答えたのだ。

「こんなに何にも出来ない嫁を、貰う男はいません。いたって、十日で離縁ですよ」

うわーんという泣き声に、足音が続く。飯炊きを放ってどこへ行くんですかという、おてつの声が重なる。夕餉の危機を悟り、離れの妖達は顔を見合わせた。

「ぎょべーっ、於こん、おてつと合戦中」

鳴家がわくわくした声を出し、皆で、逃げた於こんを追いかけようとして……妖達は急に影の内に隠れた。母屋の方から、聞き慣れぬ足音が近づいてきたからだ。離れの障子に影が映り、兄《にい》やである仁吉《にきち》の声が聞こえる。

「若だんな、両国の大貞《おおさだ》親分の手下富松《とみまつ》さんが、見舞いに来られました」

すっと障子が開くと、先だって世話になった大貞親分の身内が、顔を見せた。若だんなは炬燵布団の中から、身を持ち上げ挨拶《あいさつ》をしたものの、ちょいと首を傾げる。

(はて富松さんが見舞いとは、意外な話だね。ああ、親分さんの使いかって、佐助が問うてる。あれ？　違うんだ)

富松と一緒にいたのは僅《わず》かな日数で、若だんなとはそれきり、つきあいはなかった。なのに富松は、わざわざ長崎屋にまで来てくれた上に、見舞いの品は酷く立派な、金《かな》沢丹後《ざわたんご》の菓子の詰め合わせであったのだ。仁吉と佐助が、揃ってすいと眉を上げる。

「これはこれは、上等な品をありがとうございます」

仁吉はまず、きちんと頭を下げた。それから笑みを浮かべると、正面から富松を見る。

「ところで富松さん、今日は若だんなに、何を頼みに来られたんでしょうか」

「はい？」

富松は確かに大貞の片腕だ。しかし、こんなに贅沢《ぜいたく》な見舞いの品を買う立場でもなかろうと、仁吉は正直に口にした。富松は顔を強《こわ》ばらせる。

「ありゃあ、菓子折り一つで、困り事有りと見抜かれるとは。成る程、しっかりした手代《てだい》方だと、長崎屋さんが自慢していたわけだ」

しかし富松は、話が早くて助かったと言い、ほっと息を吐く。そして炬燵布団に埋まっている若だんなへ、突然頭を下げたのだ。

「その……助けて頂きたくて参りました」

「こほっ？　富松さんを、助ける？」

「実は、おれの困り事の元は、若だんな達がやった、稼ぎの競い合いなんです」

それで、事情を承知している若だんなの所へ、相談に来たのだと富松は言いだした。

先日、若だんな達三人の跡取り息子が、仕事の売り上げを競った。その内、一に稼いで、立派な婿《むこ》がねと評されたのは、塗物《ぬりもの》問屋武蔵屋《むさしや》の跡取り幸七《こうしち》であった。

「幸七さんは丈夫で商才もあると、うちの親分が断じました。おまけに武蔵屋は、堅い商売をしている大店《おおだな》です。あれから沢山の仲人《なこうど》が、縁談を持ち込んだそうで」

すると縁談で動く金の額を聞き、大貞が驚いたのだ。今回は婿一人に対し、嫁のなり手が山と集まった。だから持参金の額も、跳ね上がったと言われている。

「話をまとめた仲人へ支払われるのは、いつものように持参金の一割です」

つまり幸七の縁談をまとめれば、大工や棒手振《ぼてふ》りの一年分以上の稼ぎが、仲人へ入るのだそうだ。

「けふっ、そいつは大金だ」

若だんなが驚くと、仲人にとっては腕の見せ所だと、兄や達は笑う。

「でもそれで、どうして富松さんが困るんです？　幸七さんの仲人でも、なさるんですか」

「いえ、話を聞いて動いたのは、うちの親分でして」

だが大貞は、既に大勢が群がっている武蔵屋の仲人として、名乗りを上げた訳ではなかった。

「うちの親分は、もっと大きな稼ぎを目指しちまいまして」

「は？　武蔵屋さんより、大きな縁談？」

若だんなと兄や達が目を合わせると、富松は溜息《ためいき》交じりに話し出した。

「親分はこう言ったんです」

武蔵屋の幸七一人の幸せが、かくも大枚《たいまい》を産むのだ。ならば大貞が、あちこちで縁を結べば、大いに儲《もう》けられる筈《はず》ではないか、と。

確かに、世に武蔵屋ほどの金持ちは少ない。だが両国の盛り場では、皆が一回に使う金の高《たか》は低くても、大いなる額が動いている。つまり一回の礼金は少なくとも、多くの縁を結ぶ事によって、稼ごうと考えた訳だ。大貞はいつものやり方を、縁結びにも使おうと思い立ったのだ。

兄や達と若だんなが、笑みを浮かべる。

「おやまあ。親分さんは、縁結びの神様ほど沢山、男女の仲立ちをするおつもりですか」

勿論一人で、そんなに沢山の縁談を、まとめられはしない。だから実際に動くのは、子分達だろう。富松は頷いた。

「良い事を思いついたっていう、親分の面子《めんつ》を潰《つぶ》す訳にゃいかねえ。おれ達は早々に、三組ほどまとめたんです」

そして皆に喜ばれた。大貞が絡《から》んだ話であるから、三組とも、律儀《りちぎ》に礼の品を持って挨拶にきたのだ。

しかし。

「ふふ、仲人をしても、大した銭にはならなかったんでしょう？」

仁吉が笑いながら言う。富松は大きく頷き、真剣な顔で若だんな達を見てきた。

「そうなんです。どうして分かったんですか」

すると驚いた事に、返事は思わぬ方から返ってきたのだ。

「簡単に分かる話じゃないですか。それを考えずに、仲人を始めたんですか?」

「は?」

富松や若だんなが声の方へ目を向けると、部屋の隅に、若い娘の姿があった。

「於こんさん、どうして離れにいるんですか」

佐助が於こんに、厳しい目を向けた。どうやらおてつに追われ、離れに逃げ込んできたらしい。

「台所仕事から逃げてばかりでは、いつまで経《た》っても料理の腕は上がりませんよ」

そしておかみが預かったからには、於こんが何も出来ないままでは外聞が悪い。

「早く母屋へ戻って、おてつさんに料理を教えて貰って下さいな」

話し方は丁寧だが、明らかに出て行けと言われ、於こんは頬を膨らませる。それから、その言葉など聞こえぬふりで富松へ笑いかけると、勝手に話し始めた。

「あのね、長屋に住んでる人達の縁を取り持ったって、礼金は入らないわ。そもそも長屋じゃ、持参金なんてやり取りしないもの」

だから長屋に住む人の仲人は、大家が多い。さもなければ、隣に住む夫婦だったりする。とにかく、礼金の心配が要らぬ相手なのだ。

富松が、がっくりきた様子で視線を畳に落とした。

「つまり親分のやり方じゃ、全く金が入らねえのか」

これは、一大事であった。

「金の問題じゃねえ。親分の思いつきが失敗したって話になるのが、拙《まず》いんですよ」

何より、そこが一番の痛手らしい。すると於こんは富松の方へ身を乗り出し、真剣な顔を向けた。

「あのね、両国の人にこだわるからいけないのよ。ちゃんと持参金がある人の縁談をまとめれば、いいんだわ。礼金を手に入れられるもの」

要するに。

「あたしには、持参金が用意されてるんですって。だからお兄さん、急いであたしの縁談、持ってきてくれない？」

出来れば玉《たま》の輿《こし》と言われるような、素敵な縁談がいいと於こんは続けた。とにかく、飯炊きと縫い物、掃除に洗濯から逃れる為、嫁入りを急ぎ決めたいのだ。

「あたしもう、雑巾《ぞうきん》を見るのも嫌」

「おお、そういう手がありましたか。こいつは助かった」

富松が目を輝かせ、於こんを見たものだから、若だんなが慌《あわ》てる。ところが。於こんは富松と、それ以上話す事は出来なかった。

「雑巾がけも満足に出来ない娘が、玉の輿を望むなど図々《ずうずう》しい」

低い声がしたと思ったら、於こんが顔を引きつらせる。若だんな達は、離れに現れたおてつの仁王立ちを見る事になった。

「あら、おてつさん、いつの間に来てたの」

問答無用で帯を摑《つか》むと、おてつは於こんを母屋へ引っ立ててゆく。部屋内がきゅいきゅいと軋み、富松が、於こん達の後ろ姿へ呆然《ぼうぜん》とした目を向ける事になった。

「あの、於こんさんの持参金、いや縁談は、どういう事に……」

「富松さん、於こんさんに見合いをさせるのは、まだちょいと早いと思うんで」

今のまま縁づいたのでは、先々苦労するのは間違いなしだと佐助が言い、仁吉も頷いたものだから、富松は溜息をつく。

「じゃあおれの悩みは、元のままだ。何とかなりませんかね」

誰でもいいから一組、持参金が付いた縁談をまとめる事は出来ぬかと、富松は涙目で若だんなに縋《すが》ってきたのだ。

「困りましたね」

何しろ於こんが話に割って入り、富松へ余分な事を言ったものだから、このまま帰ってくれという訳にもいかない。

「まとめやすい縁談がないか、知り合いに聞いてみましょう」

若だんながそう言うと、二人の兄やが、やっぱり力を貸すんですねと、溜息をついた。若だんなは、二人が富松と話し始めた間に、そっと富松が持参した菓子へ手を伸ばす。

鳴家が一匹菓子箱に頭を突っ込み、入り損ねて、足をばたつかせていた。

3

半月ほど後のこと。

両国橋の東詰にある回向院《えこういん》の茶屋で、富松が仲人として仕切り、見合いが行われる事に決まった。

つてを辿《たど》り、見合いをする男を探してきたのは佐助であった。事を放っておくと、富松を心配した若だんなが、自分でせっせと縁談を探し、ついでに自分も縁談に巻き込まれて、とんでもない事になりかねなかったからだ。

「殿方は笹川《ささがわ》様と申されます。懐《ふところ》の寒い御家人で、持参金の多い嫁を心底望んでいるとか」

そして、笹川の縁談相手を見つけてきたのは、仁吉だ。

「お尚《なお》さんとおっしゃいます。本所《ほんじょ》の料理屋、滝川屋《たきがわや》の娘さんです」

首にちょいと目立つ痣《あざ》があるとかで、結構な持参金を付けてもよいという話であった。

「優しい娘さんだと言いますし、歳《とし》は十七です」

仮親《かりおや》を立てれば、武家へ嫁ぐ事も出来ようという。

「おや、こういう話なら、早くにまとまりそうだねえ」

離れの長火鉢の周りに集った若だんなや妖の面々が、揃ってふんふんと頷いた。

「とにかく、大貞親分にはさっさと礼金を受け取って頂きたい。親分の面子が保たれれば、若だんなとの約束も終わりますから」

よって仁吉達は頑張って、大きな持参金付きの縁談を探してきたのだ。

「まあ、ここまでお膳立《ぜんだ》てしたんです。後の仕切りを富松さんがやっても、問題なく見合い話はまとまるでしょう」

残った仁吉と佐助の役目は、この後見合いの場所へ、双方を連れて行く事だけだという。若だんなは火鉢で大福を焼きつつ、深く頷いた。

「今回は、あっさり何とかなったね」

ところが。横で今日も碁を打っていた金次《きんじ》が、へらへらと笑い出す。

「そんな簡単にいくかねえ。何しろ縁談は、人と人がするもんだからさ」

どこで、どう転がるか分からないよぅと、貧乏神は明るく言う。

「ほれ、縁談の山に追われてるって噂の、幸七さんだってそうだ。未《いま》だに相手は、決まってないって話だぞ」

「へえ、金次は縁談に詳しいんだね」

若だんなが感心すると、その話を摑んで来たのは己《おのれ》だと、鳴家や屛風《びょうぶ》のぞき、何故《なぜ》だか場久《ばきゅう》までが現れ、わいわいと言う。若だんなは場久を見ると、久しぶりだと言って笑い、焼いた大福を渡した。

「今日は、新しい噺《はなし》でもしに来たの？」

場久の正体は悪夢を食う妖、獏《ばく》だが、寄席《よせ》に出る噺家でもあった。すると場久は嬉《うれ》しそうに大福へかぶりついてから、首を横に振った。

「ちょいと、耳にした事を伝えに来たんですよ。鳴家達が、今度見合いをするって言ってた、笹川様について」

黙っていられぬ取って置きの話だと、場久は言いだした。

「おや、笹川様がどうされたんだ？」

素早く確かめてきたのは佐助で、笹川を見つけてきた当人ゆえ、気になる様子だ。場久は、噂に過ぎないがと断ってから、話を進めた。

「笹川様は、お武家だ。八十俵取りの御家人だそうですね？」

何とその笹川には、既に恋しい相手がいるというのだ。茶屋の娘、おかんだという。

「えっ？　ならどうして見合いをするの？　町人の娘でも、御家人へ嫁ぐんなら、何とかなりそうだけど。そのおかんさんを貰えばいいのに」

若だんなが大福を手にしたまま、戸惑うように言うと、鳴家がその間に、横から餅《もち》を囓《かじ》る。それを摘《つま》んでどけてから、仁吉が茶を猫板《ねこいた》に置き、場久は話を続けた。

「笹川様とやらは、持参金にこだわっておいでだそうだから。武家では珍しくもない話で、随分な借金でも抱えてるんでしょう」

そして御家人が、茶屋娘を本気で嫁に貰うとなれば、武家の仮親でも立てるしかない。あちこちに金子《きんす》を配らねばならず、持参金で潤《うるお》うどころか借金が膨らむ。互いに好いていても、どうにかなる話ではないのだ。

若だんなが、一つ息を吐いた。

「笹川様の縁談、進めていいのかな？　見合いって、なかなか気を使うものみたいだ」

するとその時、離れの表から、思わぬ声が聞こえてきた。

「全くその通りだよ。あたしも今、縁談の難しさが、身に染《し》みているところさ」

「何と、この声は……」

佐助がさっと立ち上がり、離れの障子戸を開ける。そこには、いつぞや広徳寺《こうとくじ》で知り合った河童《かっぱ》の大親分、禰々子《ねねこ》の姿があったのだ。

「おや、これはお久しぶり」

若だんなが火鉢の横から、笑みを向ける。すると禰々子は、土産だと言って大量の野菜や果物を縁側へ置き、連れと離れへ上がってきた。そして、連れは今十六の、志《し》奈《な》という娘だと紹介してきたのだ。

「お志奈ちゃんは、あたしの手下の妹の娘でね。丁度縁談が二つ来たところなんだよ」

一人は同じ河童の青太郎《あおたろう》。河童なのだが、まだ若く、いささか頼りない。

「もう一人は油屋の番頭で、庄兵衛《しょうべえ》さんというんだ」

じき暖簾《のれん》分けして貰えるので、嫁が欲しくなったというが、四十過ぎであった。

「どちらが良き縁なのか分からないんだよ。え？　相手は人でもいいのかって？　まあ、上手く化けりゃ大丈夫だろう。妖が人に嫁ぐのは珍しい話じゃないからね」

お志奈の親に相談された禰々子は迷った。それで当人に意向を問うてみると、お志奈も決められぬという。

お志奈は、禰々子をそれは信頼しているので、良き方の相手を選んではくれないかと頼ってきたのだ。

「いやぁ、どうしたもんかと、困っちまって」

禰々子は合戦なら得意だが、縁談はどうも持てあます。さてと悩んでいたとき、最近長崎屋が良縁を探していると耳にしたのだ。

「なんでも長崎屋が、仲人をしてくれるとか。いや、どっかで見合いをさせるんだっけ。とにかくうちのお志奈の事も、頼むよ」

つまり禰々子は、佐助と仁吉の縁談探しを耳にしたのだ。そして、ならばその見合いでお志奈の縁を決めようと、やってきたらしい。

「いや禰々子さん、ちょいと待ってくれ。見合いの話は既に、人が決まって……」

佐助が困った様子で言う。だが禰々子は、縁を求める者が二組いてもいいではないかと言いだし、引き下がらない。

「見合いってぇもんについては、ちょいと聞いてきたんだ。そいつは一寸の間に決まるもんだって話だよね？　ねえ、若だんな？」

「は、はあ」

江戸の見合いは、男が寺の境内にある茶屋などに座って、相手を待っているものだと、若だんなは教わった。おなごの方は、連れの者達と共に、そこを通りかかるという段取りだ。

「確か、一目相手を見るだけといいます。驚く程、短い出会いでしょう」

相手を気に入れば、男は仲人へ頼んで、扇子をおなごへ渡すらしい。

「おんや、じゃ、駄目だと思ったら？」

「禰々子さん、男が先に、席を立つんだそうです」

まあ見合いと言っても、話すらしないのだから、相手と会ったところで、分かるのは見た目だけ。後は仲人の受け売りや、噂話が頼りという訳だ。若だんなの言葉を聞いた禰々子は、重々しく頷いた。

「そんなんで夫婦になるかどうか、どうやって決めるんだろうね。あたしにゃ、とんと分からない話だよ」

自分ならご免だと、禰々子はきっぱりと言い切った。しかし。

「そのやり方で今まで、沢山の夫婦が出来上がってるんだ。見合いには、神仏のご加護でもあるんだろうさ」

とにかく、素早く終わる事なのだ。よって一組増えても、邪魔にはならない筈というのが、禰々子の言い分であった。

「だから、お志奈もよろしく」

佐助が呆然とし、次の断りの言葉を見つけられずにいるのを見て、若だんなが慌てて禰々子に向き合う。

「そのですね、今回の見合いには、実は訳がありまして。富松さんという……」

だがその時、またしても部屋の外から、話しかけてくる者がいた。障子を開けると、今日も於こんが現れる。

「若だんな、お見合いという言葉が聞こえちゃいました。あの、そちらの娘さん、お見合いするんですか？　何でその人だけ、世話をして貰えるんですか？」

庭に立つ於こんは、頭に手ぬぐいを巻き付け、たすき掛けをし、顔には炭までくっつけていた。どうやらいつものように、不得手な家事を習っている所らしい。於こんは、二つ年上のお志奈へ目を向けると、自分も見合いをしたいと訴えてきた。

「毎日、毎日、髪結いや縫い物を習うのは、もう沢山です。飯を炊くのも嫌い。自分で作ったお菜は、好きじゃないです」

すると。ほっそり綺麗なお志奈が、部屋内でふっと笑ったのだ。

「あら驚いた。お前様は、もうお嫁に行けるお年ですよね。なのにまだ髪結いや縫い物を、習ってるんですか？」

「えっ……だって」

「ならば見合いより、習い事が先ですよ。おっかさんになったとき、子供の髪も満足に結えなかったら、可哀想《かわいそう》でしょ？」

はっきり言われて、於こんが真っ赤になり、お志奈の方へ一歩踏み出した。

しかし。すぐに後ろから襟首を掴まれ、ぐいと母屋の方へ引っ張っていかれる。

「ひえっ」おてつの小言と、於こんの泣き言が離れに響いた。

「おてつさん、あのっ、今、お見合いを頼んでる所なんですけど」

「それより先に、今日のお菜をちゃんと、作らなきゃいけません！」

於こんが、何故八杯豆腐《はちはいどうふ》という簡単なお菜を失敗出来るのか、おてつには分からないらしい。

「あら、一緒。私も分からないんです」

於こんの返答に、おてつが雷を落とし、二人は離れていった。禰々子は苦笑を浮かべると、若だんな達をねぎらう。

「なんだか長崎屋も大変そうだね」

それから不意に、深く頭を下げた。

「それじゃ、うちのお志奈の見合いのこと、よろしく頼むね」

「えっ……」

若だんなは、了解などしていませんよと、断ろうとした。だが、しかし。

禰々子も河童としては、武蔵の国で知らぬ者が無い程の親分なのだ。大貞と同じく、面子を潰すのは、大いに拙かろうと思われる。つまり、禰々子がこうも深く頭を下げたのだから、若だんな達は見合いを承知するしかない訳だ。

「ありゃあ……ええい、しかたがない。じゃあ富松さんに、こちらの仲人もお願いしてみます」

まさか、まだ年若く独り者の若だんなが、自分で仲人をする訳にもいかない。

「きゅ、きゅわぁ……」

気がつけば、見合いは二つに増えてしまっていた。

4

そして、十日余りの後。

若だんなや兄や達、それと母屋《おもや》の屋根裏に寄った妖達は、見合いの事で、何となく不安に包まれていた。何故なら、二つに増えてしまった見合いの席に、新たな客が増えそうな塩梅《あんばい》だったからだ。

若だんなはその日、母、おたえの部屋にまた呼ばれた。すると、於こんとその義兄六也、それに於こんとよく似た、於べにという人が、おたえの前に並んでいたのだ。

(あれ、六也さんは当分、長崎屋へは来ないと言った筈なのに)

首を傾げつつ、二人の兄や達と共に、於べに夫婦へ挨拶をする。母屋の天井が、きゆいきゅいと軋《きし》み出した。

するとおたえは、突然不思議なことを、若だんなに問うてきたのだ。

「一太郎、於こんさんの見合いを、お前の知り合いの仕切りで、する事になったの？」

「は？　私はそんな話、知りませんが」

若だんなが驚くと、慌てて話を始めたのは、六也であった。

「於こんが、若だんなも関わって、両国で見合いをすると文《ふみ》を寄越したのです」

それで於べに夫婦は急ぎ、江戸へやってきた訳だ。

「何でまた、そんな話に……」

若だんな、おたえ、姉夫婦の目が、於こんを見つめる。於こんは暫《しばら》く無言で、畳とにらめっこをしていたが、その内姉の於べにが、ぴしりと脇《わき》の畳を叩《たた》いたものだから、観念したように話を始めた。

「あたしは、自分が見合いをするなんて、書いてません。ただ、若だんなが今、お見合いに関わってるんで、文で伝えただけです」

お志奈の見合い話が羨《うらや》ましかった。それでつい、そのことを書いただけだと、於こんは言ったのだ。

於べにが怒り出した。

「於こん、お前って子は！　何て紛らわしい文を寄越すの！」

だが、もう江戸へ来てしまったものは、仕方ない。於こんがしゅんとすると、おたえが笑いながら息子へ問うた。

「一太郎、お前、自分の見合いもまだなのに、人様の仲を取り持っているの？」

若だんなは、まさかと言って首を横に振った。仲人となるのは両国の親分で、若だんなもよく知る大貞なのだ。

「ただその、富松さんへは、他にも見合いを頼みました。そして、油屋の番頭さんと会う娘御が、あの禰々子さんの身内でして」

「あらまあ」

放って置くことも出来ないというと、河童の見合いと分かったおたえが、頷《うなず》いている。そして、そっとひとこと付け足した。

「お志奈さんという娘さん、お店の番頭さんへ嫁ぐかもしれないのね。それは覚悟したわね」

もし本当にまとまったらどうなるのかと、若だんなは首を傾げる。

(でもまあ……うちのおばあさまだって大妖だったけど、長崎屋にいたんだ。何とかなったんだよね)

伝わっている物語によると、神様が人と結ばれたり、狐狸《こり》や妖が子を生《な》したり、古来より人には、色々な血が流れているらしい。それで日《ひ》の本《もと》には若だんなのように、妖を見る事が出来る者が生まれたりするのだ。

ここで於こんが深く頭を下げ、紛らわしい文を出して申し訳ないと、姉夫婦へ謝った。

「まあ、随分ときちんとした挨拶が、出来るようになったこと」

於べにが喜ぶと、於こんはここで、いかにもさりげなく姉へ願い事をした。回向院で行われる見合いを、於こんと一緒に見てから帰らないかと、姉たちを誘ったのだ。

「あたし、先々自分が見合いをする日の為に、どういうものなのか、拝見しておきたいの」

そう言われれば、来ても用がなかった姉夫婦は否《いな》とは言わず、若だんなを見てくる。おたえまでが、口添えしてきた。

「一太郎、於べにさん達も回向院へ行って、構わないかしら」

困って兄や達の方を向いたが、二人もおたえが間に入っては、否とは言えない様子だ。若だんなは仕方なく、於こん達へも見合いの日時を教える事になってしまった。

ただ、於べに夫婦へは念を押した。

「お三方は、当日私と一緒にいて下さいね。皆さんは、別の茶屋へ案内しますから」

「若だんな自身が、ご案内するんですか？」

仁吉が顔を顰《しか》め、佐助が口をへの字にする。しかし二人とも当日は、それぞれ見合いをする当人を、迎えに行かねばならない。於こん達に付き添っていく事は出来ないのだ。

「大丈夫だよ。そうだ、金次や屛風……さん達に、付いていってもらうから」

そう言った後、一寸《ちょっと》、軋む天井を見上げる。

（やれやれ見合いって、頼まれ事が増えてゆくものだったんだ！）

富松に、まとまると決まった見合いを一つ仕切ってもらい、礼金を受け取らせる。端《はな》は、ただそれだけの話であった筈だ。

ところが気がつけば、造作も無いと思ったその見合い話には、別のおなごの影が見えてきた。二つ目の見合いは、河童が絡んだもので、しかも娘一人に、見合いをする男が二人もいる。

そして今度は於こん達までが、見合いの場へ来る事になってしまった。

(於こんさん、本当に、見合いをじっと見ているだけのつもりかな？)

怪しい。大いに怪しい。若だんなは見合いに向かう折は、腹に力を込めて行かねばならないことを知った。

(人と人との、気合い入りの勝負！　これが見合いだったんだ！)

世間で言うような、惚れた腫《は》れたという気持ちが、とんと見えてこないのが、何ともいえない。横では、皆とは考えの違う兄や達が、妙な事で悩んでいた。

「ああ、見合いなど気に入らぬわ。若だんなを一人で、回向院へ向かわせる事になるなんて」

「あら、あたし達と一緒に行くんですよぅ」

於こんの返答を聞き、兄や達が一層深い溜息をつく。その時、目を輝かせた鳴家達が大勢、離れへ向け、庭を横切っていった。

見合い当日の朝、仁吉と佐助は長崎屋の離れで、妖達に強く言った。

「とにかく今日一日、皆、若だんなを守る事。我らが一緒にいられない間、頑張るんだぞ」

「仁吉、佐助。今日大事なのは見合いだよ。私は関係ないんだけど」

主意がずれていると言っても、兄や達は聞かない。餅やお菓子を入れた袋を、ご苦労賃だと言って渡されると、妖達は皆張り切った。そして、目に見えない鳴家以外は、人に怪しく見られないよう、何とか格好を整えたのだ。

今回の見合いは、両国にある回向院の茶屋で行う。これから若だんなは、於こん達や妖達と共に、舟で堀川から隅田川へと向かう事になっていた。

「ぎゅい！　大丈夫。鳴家、舟大好き」

「いや、まかしときなって。あたし達がいれば、泥船に乗った気分さ」

「ひゃっひゃっ、屏風のぞき、泥船とはいいや。この貧乏神金次でも、乗りたかないね」

妖の面々を連れ、若だんな達は無事に川をさかのぼると、両国橋の袂《たもと》へと着いた。

直ぐに富松の手下が現れ、皆を回向院へと誘《いざな》う。

まだ昼前であるのに、既に寺には人が多く行き交い賑《にぎ》やかであった。今日、笹川とお尚の見合いが行われるのは、境内の一角にある松茶屋だと手下が教えてくれた。

「じゃあ、その隣にあるのが梅茶屋ですね」

河童のお志奈に、座っていて貰《もら》う手はずの店だ。お志奈が、青太郎、庄兵衛の二人と一日で会いたいと言うので、男の方にお志奈の前を歩いて貰う事にしてあった。

「どう考えても、変わった見合いだよねえ。おなご一人に、男が二人なんだもの」

若だんなが、つい昨日聞いた話を思い出し、眉間《みけん》に皺《しわ》を寄せる。禰々子達は、人である庄兵衛に、他にも見合い相手がいる事を伝えていなかったのだ。

「そいつは拙いやり方でしょう」

驚いた若だんなが、禰々子へ大丈夫かと問うたが、河童達は、不思議そうな様子で首を傾《かし》げた。

「おんや、人には二人と見合いしちゃいけないって、決まりがあったのかい。そいつは庄兵衛さんに悪かったたね」

しかし見合いの日は迫っており、今更止めたという訳にもいかない。だから後は平穏に終わってくれる事を、願うしかなかった。

（とにかく、お志奈さんは殿御と一人ずつ会うんだから、大丈夫だ。……きっと）

若だんなは子分から、三軒目の茶屋の場所を聞いた。

「ああ、道を挟んで斜め向かいにあるのが、竹茶屋なんですね。於こんさん、於べにさん方、あの茶屋からなら、見合いの様子がよく見えます。その、お願いですから、静かに見るだけにして下さいね」

小ぶりな茶屋へ案内すると、於こん達は素直に床机《しょうぎ》に腰掛けた。三人は、盛り場近くの賑わいを見て、目を見張っている。

「さすがはお江戸ですねえ」

直ぐに若だんなが茶や団子を頼み、付いてきた鳴家達が、団子目当てに、於こんの周りへ座り込む。とにかく於こん達は、これで落ち着いたと思ったその時、若だんなの背へ声が掛かった。

「竹茶屋においででしたか。茶屋三軒を合わせると松竹梅です。縁起がいい名なんで、よく見合いに利用されるんですよ」

目を向けると、子分を連れた富松が、道で頭を下げている。

「若だんな、今日は大事な見合いの日。よろしくお願いします」

若だんなも笑って挨拶をし……しかし少しばかり眉《まゆ》をひそめた。言葉は至って真っ当だが、何故だか富松の顔が引きつっていたのだ。

「あの、どうかしたんですか？」

富松の声がすっとひそめられ、若だんなを店脇へ引っ張っていった。

「それがその、松茶屋の席を用意していて……気がついた事があるんです」

富松が、大いに困った顔を道の向かいへと向ける。すると松茶屋には、綺麗《きれい》な茶屋娘の姿があった。

「ありゃ、おかんさんです。ほら見合いをする笹川様と、噂《うわさ》のある茶屋娘ですよ」

「えっ？　そのお人がいる茶屋を、見合い場所に選んだんですか？」

若だんなが驚いて問うと、富松はきっぱり首を横に振った。まさか、そんな恐ろしい事はしない。見合いの場が、男と女の修羅場《しゅらば》に化けかねないではないか。

なのに。

「気がついたら松茶屋に、おかんさんが勤めてたんですよ。何でも急に、店を変わりたくなったとかで」

おかんは美人ゆえ、茶屋を移る事は簡単にできたようだ。しかし今日、この見合いの場におかんがいるのは……大いに拙かった。

「先ほどおかんさんに、頼むから今日は休んでくれと、幾らか差し出したんですが。

人手が足りないからと、うんといってくれませんでした」

途端、若だんなの後ろから金次が話し出す。

「わぁ、そりゃおかんさんは、知ってるんだよ。今日松茶屋で、笹川様が見合いをすることを、さ」

だからわざわざ松茶屋へ来たんだろうと、断言し、若だんなまでが顔を強《こわ》ばらせる。すると於こんが、いつの間にか横に来て、口を出してきた。

「おかんさんて、笹川という方の、いい人なんですか？　きっと今でも笹川様の事が好きで、それで来たんですね」

笹川様もおかんを見たら、その気持ちにぐっときて、今日のお見合いを断るかもしれない。於こんは目を輝かせた。

「きっと、二人は結ばれるんだわ」

「ひゃっ、ひゃっ、おなごが好きそうな話を、勝手にこしらえているよ」

金次が笑ったその時、いかなる手を打つ間も無く、道の先に、笹川を連れた佐助の姿が現れた。見合いは男が待つのが普通だから、早めに来たらしい。

「ありゃ。ど、どうしたらいいんだっ」

富松が慌てて、松茶屋へ飛んでゆく。しかし仲人富松が挨拶をするより先に、笹川が道で棒立ちとなる。笹川とおかんは、松茶屋の店先で顔を合わせてしまったのだ。

5

「いやあ、梅茶屋の団子は美味《うま》いねえ。百本くらい食えそうだよ」

「あら、お客さん方、ありがとうございます」

梅茶屋では、先刻から人のなりをした妖達が、上機嫌であった。禰々子と話をしている若だんなの横で、団子を山と食べ浮かれているのだ。

しかし梅茶屋の他の客達は、揃《そろ》って黙り込んでいた。いや先刻から黙って、言い合いをする男と女の話を楽しんでいた。

この後、きちんと見合いをする手はずであった二組目、お志奈と青太郎が、早くも茶屋の中で顔を合わせ、言い合いをしていたのだ。

「ちょいと青太郎。お前さん、どうして茶屋の中まで入ってきたのよ？　お見合いするのよ。前の道を、行きすぎる決まりじゃなかったの？」

「あのなぁお志奈。今更、気取ってんじゃない。お互いよく知ってる間柄なのに、話もせず顔だけ見て、どうするんだ？」

「それが、お見合いってもんでしょうに」

何しろ隣の茶屋におかんが現れたものだから笹川が眉をひそめ、富松はそちらへ行っていて、梅茶屋を仕切ってはいなかった。よって見合いは妙なものとなり、お志奈が頰を膨らませて、青太郎へきつい目を向けていた。

「ちゃんとした見合いをしたくなきゃ、端から断われば良かったのよ」

お志奈は今日、番頭の庄兵衛とも会う約束なのだ。青太郎が、やっぱり見合いは止めたと言っても、構わないと言い放つ。

途端、青太郎の顔が赤くなった。話は丸聞こえだったから、茶屋の客達の中に、「おお」というどよめきが走る。

「こりゃ、おなごの方が強そうだ」

青太郎は歯を食いしばった。

「あーっ、かわいくねえ言い方だ。せっかく顔なじみのこのおれが、同い年の年増《としま》を貰ってやろうって言ってるのによ」

「と、年増とは誰の事よっ。あたしはまだ、十六なのよっ」

青太郎が若すぎて頼りないから、おなごの年を気にするのだと言い返され、二人はまた睨《にら》み合いになる。この時、梅茶屋からの大声を聞いて、松茶屋から富松が飛んできた。

「こっちの大声が気になって、来ちまいました。若だんな、何があったんですか？」

すると、返答をしたのは禰々子で、仲人へ申し訳なさそうに事の次第を話した。

「済まないねえ。これから静々と見合いをするはずの二人が、さっさと会っちまった。あげく、喧嘩《けんか》になってさ」

「ありゃ」

富松が驚いて、若い二人へ目を向けると、青太郎の目の前で、お志奈が思い切りそっぽを向く。

「あー、情けない。青太郎は、まともに見合いも出来ないのに、おなごへ嫌みを言うのね。そんな男より、落ち着いた大人を選んだ方が、幸せになれる気がするわ」

この言葉に衝撃を受けたのか、青太郎の顔色が今度は白くなる。茶屋の客達から、また声が上がった。

「おや兄さん、器用に顔色を変えるね」

「やぁれ、揉《も》めちまったか。やっぱり一日に二つ見合いをするのは、無理なんだろうか」

禰々子が首を傾げていると、見合いの数のせいで、喧嘩している訳でもないだろうと、横から声がかかる。若だんなが隣を見て、思わず「わっ」と短い声を上げた。

「於こんさん、どうして於べにさん達と、大人しく竹茶屋で座っててくれないんですか」

於こんは未熟なところがあるから不安なのだと、若だんなが困った顔になる。しかし於こんは、ぺろりと舌を出すと、平気な顔で言った。

「だって若だんな。面白そうな話をしているのに、あっちの茶屋じゃ、よく聞こえないんだもの」

禰々子が於こんを見て、ちょいと眉を上げた。

「へえ、お前さんは人のもめ事を聞くのが、好みなのかい？」

その言い方には迫力があったが、於こんは気にしない様子だ。今はただ、お志奈と青太郎がどうなるか、気持ちが全部持って行かれている様子であった。

「嫌ぁねえ。青太郎さんでしたっけ、回りくどい事ばっかり言って。見合いを承知した相手なんだもの。お志奈さんはもっと別に、言って欲しい事があるんでしょうに」

じれったいと言いつつ、於こんは目を輝かせて見ている。禰々子が於こんを見て、重々しく問うた。

「あたしには今ひとつ分からないんだが……こういうとき娘っこは、どんなことを言って欲しいものかね？」

茶屋内の周りの床机から、忍びやかな笑い声が上がった。

「おいおい、姉さん。そんなことを人から教えて貰っちゃ、男の価値が下がるんじゃないかい？」

「そうだよ、あの兄さん、もう一人の恋敵と、これから競うんだろ？　なら、自分で頑張らないとなぁ」

だが。禰々子がずいと立ち上がった途端、からかい半分の声はぴたりと止まった。

武蔵の国では高名な禰々子河童の名を、寡聞《かぶん》にして知らずとも、その迫力は側《そば》に居れば、嫌でも知る事になるからだ。

だが物怖《ものお》じしない於こんは、ここであっさりと答えた。

「そりゃ、ぐっとくる一言が欲しいですよ」

例えば、他の男とは見合いするな、とか。

お前を、どの女より好いている、とか。

お志奈は、川岸に咲く花のように綺麗だ、とか。

「もう、聞いている方が恥ずかしくなるくらい、思いっきり甘い言葉を、聞かせて欲しいですぅ」

「あんた、恥ずかしい事が好きなのかい？」

禰々子が呆然《ぼうぜん》としたものだから、若だんなが、そういう意味じゃないと思いますと、大層真面目《まじめ》に言う。途端何故だか、客達がどっと笑い出した。

すると。

於こんの言葉を聞いていた青太郎が、その期待も、お志奈の怒りをも越える一言と共に、手をお志奈の方へ突き出したのだ。

「おっ……おっ……」

「お？」

戸惑うお志奈に、青太郎は言葉を絞り出す。

「お志奈は綺麗だ。他のどのおなごより綺麗だ。だからもう、他の見合いはするな。おれが連れて逃げる！」

つまり。

「おれが嫁にする！」

「おーっ、言ったーっ！」

梅茶屋の客達が沸き立ったその時、お志奈が迷いもなく青太郎の手を取った。

「じゃ、嫁に行くっ」

そして二人は、次の見合いと、もうすぐ来るその相手から逃げ出した。お志奈と青太郎は、二人で幸せになることにして、梅茶屋から駆け出したのだ。青太郎達は賑わう盛り場の道で振り返ると、嬉しげな顔で若だんな達へ手を振った。

「話はまとまりました。後はよろしく」

「おい、ちょっと待てや。もうじき庄兵衛さんが来るんだぞ。それに上手くいったんなら、持参金の話はどうするんだ？」

仲人は一割貰う事になっているぞと、富松が言葉を向ける。だが、二人は足を止める事なく、人混みにその姿を消してしまった。あっという間の話で、「ははは」とか、「やるねえ」とか、残ったのは他の客達の、はやし立てる声のみという事になった。

「まあ、二人が上手くいったわ。やっぱり、これが見合いってものよね」

於こんは、もの凄《すご》く嬉しそうだ。

「あの、持参金……」

富松が、思い切り困った顔を禰々子へ向けた。だが河童の大親分は、妙な所に感心している最中であった。

「驚いたよ。あの青太郎が、ああも立派に、おなごを口説き落とせるなんて。まだ若すぎると思ってたが、やるもんだ」

そして満足げに頷くと、やれ見合いは終わりだ、自分も帰ると言いだした。

「禰々子さん、お志奈さんと庄兵衛さんとのお見合い、どうするんですか？」

「ああ若だんな、もう必要なくなったから、仲人に断ってもらっておくれな。いや、仲人がいてくれて良かったよ。きっとこういうときの為に、いるんだろうね」

「そ、そんな話は、聞いた事がありませんが」

若だんなが困ったように言う。ここで禰々子は、とにかくけちな事だけはしないと言い切ったので、富松がさっと表情を明るくした。

「そ、そうですか。そいつは有りがてえ」

禰々子は茶屋から去る際に、立派な布で作った小袋を渡していった。

「若だんなに、見合いを頼んで良かったよ。見合いってぇのは、やっぱり神仏の加護があるに違いない」

高名な河童は、上機嫌で人混みに消えていったのだ。

だが。その姿が見えなくなった頃、富松が茶屋内で情けの無い声を上げた。

「な、なんだ、こりゃ。飴玉《あめだま》じゃないか」

「えっ？」

若だんなや兄や達が、富松の手元に目を向けると、禰々子が置いていったのは、金子ではなかった。薄紙に包まれた、三つばかりの色の違う玉だったのだ。

「あの親分、けちな事はしねえと言ったのに」

「富松さん。そいつはきっと薬の玉ですよ。貴重なものです」

ここで佐助が、声を掛けてくる。若だんな達は以前、広徳寺で禰々子から、似た薬を貰った事があった。もっとも、とんでもない薬効を持つ玉ばかりであったから、効きはするものの、使うのには度胸がいるが。

「確かこの赤い玉は、凄くよく効く傷薬なのです」

佐助が富松へ語る。

「ただし飲むと、天地が裂けるかと思う程、痛みを感じるんだとか」

「うっ……何てぇ薬だ」

富松は寸の間顔を顰めたが、それでも両国の盛り場で縄張りを持っていれば、争いにもなるし、怪我《けが》をする事もある。有りがたい薬には違いないと、赤い玉は大貞へ差し出す事にした。

しかし問題は残りの紫と緑の玉で、若だんな達にも、どんな薬効《やっこう》があるのかとんと分からない。

「飲む時は、気をつけて下さいね」

（下手をしたら、いきなり老人になるかも。いや、酒が嫌いになる薬かもしれないね）

色々考えられると思ったものの、まさかそんな奇妙な代物《しろもの》だとは、富松へは言えない。禰々子達が河童だということは、勿論《もちろん》内緒だからだ。

富松は溜息《ためいき》をついて、その持参金代わりの品を見つめた。

「ああごく並に、金を置いてってくれれば、本当に嬉しかったんだが」

その時、床机に座り団子を食べていた金次が、とても機嫌良く笑いながら、若だんな達へ声を掛けてきた。

「なぁ、話をしている時に、割り込んじゃ申し訳ないんだが……松茶屋にいる御仁《ごじん》らを、放っておいていいのかい？　言い争いが大声になってきたよ」

「えっ？　笹川様とおかんさん、まだ揉めているんですか？」

梅茶屋にいる者達の目が、一斉に松茶屋へ向けられる。だが直ぐに、若だんなは呆《ぼう》然《ぜん》としてしまった。確かにおかんは揉めていたが……相手は笹川だけではなかった。何と、いつの間にやら、於こんまで加わっていたのだ。

6

「何で松茶屋へ来たのかって？　構わないでしょう？　あたしこの店で働き始めたんですよ」

松茶屋の中で、おかんが笹川へ、ぴしりと言い放っていた。すらりとした姿のおかんは、気性もぱりっとしているらしく、文句を言った方の笹川が、ちょいと引き気味であった。

「確かにおかんさんは茶屋娘だ。しかし、おれが見合いするその日に、この松茶屋にいなくともよいではないか」

「あたしは笹川様の見合いを、邪魔しに来たんじゃありません。だから余分な心配などせずに、さっさと見合いをなすって下さい」

「えーっ、おかんさんと笹川様は、一緒になるんじゃないんですか？　だって互いに、お好きなんでしょ？」

於こんが、自分にはそう見えると言ったものだから、駆け寄った富松が、於こんの袖《そで》を引っ張る。

「見合いを壊すつもりですか。止めて下さい」
するといい、大丈夫だと言い切ったのは、おかんであった。

「先日笹川様は、持参金がたっぷり付いた方と、見合いをするって聞きました。この人はあたしに惚《ほ》れてると思ってたから、最初は驚きましたよ」
しかしおかんは、直《す》ぐに納得したのだ。笹川の家は他の御家人と同じく、それは大きな借金を抱えていると知っていた。

「長屋暮らしのあたしじゃ、どうあがいても、大枚《たいまい》の持参金は用意出来ないし」
つまりおかんは、貧乏御家人家の嫁にはなれない訳だ。

「だ、だって」
まだ言いつのる於こんに、おかんは首を横に振った。

「笹川様には、武家を捨てても生きていける甲斐性《かいしょう》は、ないんですよ」

「おや、はっきり言ってくれる」
笹川が、苦笑を浮かべる。

「その上ね、笹川様に負ぶさっている御家族は、幾人《いくたり》もおいでです。その全《すべ》てを振り切り見捨てて、あたしを選ぶ気力など、この方には……」
だから笹川は、他の娘と見合いをするのだ。

「こんな扱いをされても、それでも笹川様が好きですけどね。どうしようもない」

於こんは薄く唇を嚙《か》んだ。

「なら、どうしてこの茶屋にいるんです？」

おかんは、落ち着いて言った。

「今日はこの目で、しっかり見合いを見て、諦《あきら》めをつけようと思って」

ならば松茶屋へ、客として来れば良さそうなものだが、さすがに仲人が、おかんを茶屋へは入れないだろう。だが、綺麗なおかんが松茶屋で働くと言えば、店主は今日からでも、おかんを茶屋へ置くに違いなかった。

「そんな、諦めるためなんて……好き合った男と女には、神仏の加護があるんじゃないんですか？」

「おや、まだ若いんですね。そう思えるんなら、幸せだ」

だが自分は、上手《うま》くはいかなかったと言われ、於こんはぐっとしょげてしまった。

ここで若だんなと富松が、松茶屋から於こんを外の道へと連れ出す。

「於こんさん、竹茶屋で於べにさん達と、大人しくしている約束でしょうに」

「姉さん達は、茶屋で昔なじみと出会ったんで、ずっと話してるんです。だからつまらないんで、こっちへ来てみたっていうか」

「ありゃ」

ここで、店から出た富松の足が、止まってしまった。少し先に立っていた男を見て、顔を引きつらせていた。

「こ、これは庄兵衛さん。よくいらして下さいました」

「きゅんげ？」

「あ……庄兵衛さんって」

若だんなも、その名前を思い出した。河童のお志奈と見合いする筈《はず》であった、油屋の番頭だ。すると庄兵衛の目が、富松の横にいた於こんに向く。

「おや、富松さん。その方が見合いの……」

拙《まず》い事に、思い切り誤解されそうであったので、若だんなが急ぎ、於こんは違うと言い切った。於こんも頷き、庄兵衛の背後、道の先から来た娘へ視線を向けたのだ。

「今日、お見合いなさるのは、あちらの方だと思いますけど」

庄兵衛は振り返ると、茶屋の前へとやってくる、明らかにめかし込んだ娘と、その一団へ目を向けた。お尚を見て、庄兵衛は思わずにこりとする。好みであったのだろう。

「あ、ああ。綺麗な娘御ですね」

すると、その言葉が聞こえたようで、お尚が素早く顔を向けてきた。一瞬、二人は視線を交わすと、お尚は気恥ずかしそうに目を伏せる。

庄兵衛はにこやかに笑って、急ぎ茶屋内へ入ろうとした。もし、見合い相手を気に入った場合、男は仲人へ、扇子を渡すものだからだ。

だが。お尚に付いてきた大人達は、何やら不思議そうな顔つきをして、道で立ち止まってしまった。

(無理もない)

目を輝かせている於こんの横で、若だんなはいささか狼狽《うろた》えていた。

(だって……お尚さんのお相手、笹川様は御家人、お武家の筈なんだもの)

髪型も身なりも違うから、相手が武家か町人かは、一目で分かる。どう考えても庄兵衛は、お尚の見合い相手ではないのだ。

ここで、今やすっかり芝居でも見ているつもりの妖《あやかし》達が、嬉《うれ》しくてしかたがないという顔で、「さてさてぇ」と小声を挟んでくる。

「これから、どうなりますことやら。お楽しみでありまする」

芝居がかった言葉まで、聞こえてきた。松茶屋の中ではおかんと笹川が、未《いま》だに余人など目に入らない様子で、あれこれ言い合いを続けている。いい加減困り果ててしまったらしい富松は、お尚と庄兵衛の出会いを前にして、頭から湯気が出そうな様子となっている。

「ああ、もうめちゃくちゃだ。一体、何がどうなってるんだ！」

見合いが突然増えた。茶屋に現れたのは、余分なおなご、おかんだ。見合いから逃げたのは、お志奈。庄兵衛は見合い相手を間違えた。笹川とおかんの喧嘩は、今も終わらない。

おまけに庄兵衛は、笹川の相手であるお尚を気に入り、扇子を渡そうとしている。富松は全てを持てあまし、どうしていいか分からなくなってしまったに違いない。

(富松さん、すっかり慌《あわ》てているみたいだ)

しかし、今ここで誰かが落ち着いて、この先どうするのかを、決めなくてはならない。

でも。

(恋しくても、どうにもならない思いも、あるっていうけど)

若だんなは唇を引き結ぶ。そして皆の行き違う思いを持てあますように、寸の間、空を見上げていた。

「さて、日が暮れるまで、見合いに来た人達を、放って置くことは出来ないね」

若だんなが兄や達の方へ向き、小声で囁《ささや》くと、二人は小さく頷いた。

「しかし若だんな、糸はもつれているように見えますが、その内勝手に、解《ほど》けていきそうでもありますよ」

佐助が目を、お尚達の方へ向けた。お尚の連れの男は渋い顔で、笹川とおかんの言い合いを見ていた。

「笹川様との縁談は、こりゃ破談に決まりだと思います」

唯一《ゆいいつ》、持参金が期待出来た見合いが、泡と消えたことになり、その言葉を耳にした富松が、近くの床机に座り込む。

(見合い話、一つ終わったか)

若だんなは次に、扇子を手にしている庄兵衛へ近寄ると、富松の代わりに頭を下げた。

「済みません、富松さんから話のあった見合い相手は、こちらの娘さんではないんですよ」

会う筈であったお志奈は折悪《おりあ》しく、先に帰ったと話すと、庄兵衛は一寸《ちょっと》、驚いた顔で扇子へ目を落とした。しかし年かさなだけに、直ぐに落ち着いて頷く。それからお尚達の方へ深々と頭を下げてから、早々に茶屋を離れていったのだ。

（これで二つ終わった）

庄兵衛が去ったものだから、小さく首を傾げたお尚へ、仁吉が松茶屋にいる笹川を指す。お尚には目もくれぬ武家の姿を見て、お尚の一行も、境内から出て行く事になった。

松茶屋と梅茶屋から、見合いの席は消えていったのだ。

「あら……まあ」

笹川とおかんの言い合いも、若だんなが笹川へ、見合い相手お尚の帰宅を告げると、早々に収まった。もう笹川とおかん、共に迎える明日はなく、笹川はじき、一人で店を出てゆく事になった。

最後に、於こん達と若だんならが、茶屋に残される。

「お見合いって、あっという間に終わるものだって聞きました。けど本当に、あっけない終わり方ですね」

考えてみれば、お志奈と青太郎だけは上手くいったのだ。だが肝心の、持参金付きの見合いはどうにもならず、富松は茶屋の床机にぐったり座り込んだまま動かない。

「何だか、気持ちがすうすうするような、そんな終わり方でした」

於こんは、妙に寂しいと言う。見合いとはもっと神仏の加護があって、楽しく終わるものだと思っていたらしい。

すると。

「於こん、自分の気持ちだけをいっても、人様は都合よく、動いてはくれませんよ」

姉の於べにに声を掛けられ、於こんが目をしばたたかせる。姉夫婦が、そろそろ自分達も帰る刻限だと言い、若だんなに挨拶《あいさつ》をしているのを見て、於こんは一層、気持ちが寂しくなってきたらしい。

若だんなの方を見ると、不意に驚くような事を言いだしたのだ。

「ねえ、若だんな。見合いがまとまらないと、富松さん、困るんでしょう？」

だから。

「あたしと若だんなが、一緒になるってのは、どうでしょう」

そうしたら、見合いがまとまった事にして、持参金の一部を、富松へ払う事が出来る。於こんが、実にあっけらかんと言ったので、若だんなは笑い出してしまった。

「いきなりだねえ」

「あの、駄目ですか？」

若だんなはにこりと笑い、於こんの耳元に、口を近づける。そして小声で囁くと、於こんは目を、大きく大きく見開いた。

7

四月の後、大貞の仲人で婚礼が行われたとの噂が、両国の盛り場に流れた。

目出度《めでた》く祝言《しゅうげん》をあげたのは、本所の料理屋、滝川屋の娘お尚と、新しく、本所で油屋を営む事になった庄兵衛だ。仲人の大貞が口利《くちき》きをしたとかで、庄兵衛は良い場所に店を構え、良き伴侶《はんりょ》を得て、幸せな暮らしに踏み出したという。

「そして滝川屋からの持参金の一割が、しっかり大貞親分へ支払われたようですよ」

その祝言の話は、佐助が教えてくれた。若だんながまたもや熱を出している間に、富松が長崎屋の離れへ礼を言いに来て、子細を話していったらしい。

何しろ、庄兵衛とお尚へ声を掛けてみろと言ったのは、若だんなだったからだ。

「とにかく一つ話がまとまって、ほっとしたと言ってました」

だが富松が、二度と見合いの仕切りは嫌だと言いだしたものだから、大貞は仲人を続ける事を諦めたようだ。

「ひゃひゃ、余程懲《こ》りたんだねえ」

金次が笑えば、他の妖達も声を上げる。

「きゅい、富松さん、団子を食べ損ねて草臥《くたび》れたの？」

「富松さんの顔、蒼《あお》くなったり、白くなったりしてました。あれで疲れたんでしょうね」

鈴彦姫が、今日も蜜入《みつい》りの湯を作りながら、にこにことしている。ここで、屏風のぞきが若だんなへ問うてきた。

「なあ、若だんな。急に於こんさんが、家に帰っちまったのは、お前さんが振ったからか？」

先だっての見合いの日、若だんなは於こんから、一緒にならないかと突然言われたのだ。若だんなは笑って小声で答え……於こんはその後、於べに夫婦の元へ帰ってしまった。

すると妖達が答えを聞き逃すまいと、火鉢の横にいる若だんなの元へ集まってきた。

「きゅんげ？」

若だんなは、苦笑を浮かべつつ話す事になった。

「あのね、於こんさんが家に帰った事には、私も驚いたんだ」

若だんなはあの日於こんへ、好きとか嫌いとか、そういう返答はしていないのだ。

何故《なぜ》かというと。

「於こんさんが、おっかさんの知り合いの娘さんだって事は聞いてるよね？　つまり、さ」

於こんは金狐とも言われる、荼枳尼天《だきにてん》の庭からやってきた者。人の姿をとってはいたが、おたえを守っている守狐達と同じく、狐の一族であったのだ。

「私は妖が分かる。だから、その事は一目で了解したんだけど」

ただ、於こんには問題があった。

「あの子、化けるのがそりゃ、下手だったんだよ」

掃除や料理や縫い物と同じく、於こんは人に化けるのもやっぱり、頭を抱えるほどに不得手だったのだ。若だんなは最初から、於こんが人には見えていなかった。かわいい顔をした狐が、人のように着物を着て、とことこ歩いていると見ていたのだ。

「子猫や子犬のように、かわいらしいとは思ってたよ。だけどねえ、恋しい相手かというと、ちょいと違って」

「おんや、まあ」

事の次第を聞き、妖達が驚く横で、仁吉が首を傾げている。

「私の目にも、於こんさんは狐の顔に見えていましたが。おや、人に見えていた者もいたんですか」

「仁吉、ほとんどの人は於こんさんの事を、ちゃんと人として見てた筈だよ。狐が着物を着て道を歩いてたら、世間の人は驚いただろう。けど、騒ぎは無かったし」

「そういえば、そうですね」

時として妙な事を言い出す兄やに、若だんなが溜息をつく。妖達は、己《おのれ》は狐に見えていたと言ったり、いや人に思えたと言ったり、それぞれだ。

だが若だんなの言葉を聞き、その危うい化け方を、於べに夫婦が心配した。そして、とにかく化ける事が上手くならなくては、人の世には出せないと、慌てて茶枳尼天の庭へ連れ帰ったのだ。

「於こん、色々、下手ーっ」

きゅいと鳴いて、鳴家達が頷く。だが、夕餉《ゆうげ》からお焦《こ》げが無くなったというのに、於こんがいなくなった事は、ちょいと寂しそうであった。

「おてつさんの怒鳴り声、聞こえなくなった。寂しい」

「鳴家はおてつの声が、楽しかったの？」

若だんなは首を傾げた後、その内化けるのが上手くなったら、於こんはまたお江戸へ来るだろうと言った。佐助も頷く。

「もっとも、上手くなるのに百年か二百年かかってしまっても、驚きませんが」

「うーん、さすがは妖だ。時の考えが違うね」

若だんなが笑い出す。

「縁談は、心おどるものかなぁ。でも、くたびれるものでもあるような」

「きゅい、おいしい方がいい」

するとここで、仁吉が小袋を開いて、飴玉のようなものを、若だんなに見せてきた。それが、富松が禰々子から貰った薬だと分かって、若だんなが驚く。紫と緑の玉だ。

「どうしたの？　ああ、何に効くのか分からないんじゃ飲めないから、今回のお礼に、富松さんがくれたんだね」

その内禰々子に会ったら、薬効を聞きましょうと、佐助が言う。長崎屋の妖達は、綺麗な薬が何に効くのか、あれこれ楽しげに話し始めた。

くたびれ砂糖

1

江戸の繁華な大通りから、富士がよく見えた、ある日の事。

若だんなの幼なじみで、安野屋《やすのや》という菓子屋へ修業に出ている栄吉《えいきち》が、久方ぶりに長崎屋《ながさきや》へ顔を見せた。

しかしそれは、いつも気軽に寄る離れではなく、廻船問屋《かいせんどんや》長崎屋の店の方であった。今日も離れで綿入れや薬湯とつきあっていた若だんなは、栄吉の来店を聞き、急ぎ店表へ顔を出した。

「栄吉じゃないか、久しいね。家に帰る用でもあって、ついでに来てくれたの？」

「きゅんわー」

栄吉の家は三春屋《みはるや》という菓子屋で、長崎屋の直《す》ぐ隣にあるのだ。

「それにしても、廻船問屋の方へ来るなんて珍しいね」

若だんなは、土間から一段高くなった店表に座り、ちょいと首を傾《かし》げる。すると栄吉は横を向いて、今日は連れがいる。実は仕事で来たのだと、笑いながら言った。

「ありゃ、安野屋の用で来たんだ。こちらのお人は……へえ、栄吉に後輩が出来たんだね」

栄吉は、連れの名を平太《へいた》だと告げ、挨拶《あいさつ》をしなさいと促す。ところが、まだ十三だという若者は、言われ方が気にくわなかったのか、ちらりと若だんなを見たきり、ろくに頭すら下げなかった。

(おや?)

長崎屋の小僧《こぞう》がそんな態度をみせたら、番頭《ばんとう》や手代《てだい》達から雷を落とされるに違いない。栄吉も慌《あわ》てて連れに、きちんとしなさいと言ったのだが、平太はそれでもそっぽを向き、栄吉の言葉などとんと聞かなかった。

(あれま。もしかして栄吉は今、苦労しているのかしら)

その時店表へ、若だんなへの無礼など一切許さない手代、佐助《さすけ》が現れたものだから、若だんなは慌てて用件を問う。栄吉は頷《うなず》くと、また砂糖を都合して貰《もら》えないかと頼んできた。

「困った時だけお願いして悪いんだけど。急に足りなくなっちゃってね」

実は今、安野屋の主《あるじ》と番頭二人が、揃《そろ》って具合を悪くしているという。そのせいで、砂糖の注文が遅れてしまったらしい。

「大変だね。佐助、砂糖に余裕はあるかい？」

安野屋は菓子屋だから、扱う砂糖は特別な品であったり、上物であったりと、並のものとは違う。佐助が、二番倉を預かる番頭九郎兵衛《くろべえ》へ在庫を問うと、思いがけない言葉が栄吉の側《そば》から聞こえてきた。

「おい、砂糖があるかどうかくらい、直ぐに返事しろよ。それとも自分の店に、どれだけあるか分からないのかい？」

駄目な手代だと、偉そうな声がしたのだ。

「へ、平太っ、何を言い出すんだっ」

佐助が、ちょいと恐いような笑みを浮かべたので、栄吉が顔色を蒼《あお》くし、慌てて頭を下げる。だが当の平太は謝らず、更に偉そうな言葉を言い続けた。

「ああ、つまらない。梅五郎《うめごろう》は旦那《だんな》様や番頭さん達の、身の回りの世話をしてるのに。おいらは下っ端、栄吉さんのお供ときた」

同じ小僧なのに、親に店を買って貰える梅五郎ばかり、贔屓《ひいき》されてると平太は言う。

「おいらだって、先々は偉くなる筈《はず》なのに」

「平太、黙ってくれ」

　栄吉が言葉を強くしたが、それでも平太はきかない。長崎屋の店表にいた客達がざわめき、若だんなは首を傾げた。

「梅五郎って、誰なんだろうね？」

　この時天井が軋《きし》んで影内からの小さな声が聞こえた。

「きゅいきゅい」

「おんや、生意気な子が来たよ」

「餓鬼《がき》が、ふんぞり返っているよ」

「きっと砂糖のことなんか、ろくに知らないさ。なのに随分と威張るじゃないか」

　すると。その言葉が耳に届いたらしく、平太は不機嫌な顔で辺りを見回す。遠慮の無いその姿と、困り切っている栄吉を見て、落ち着いた顔の九郎兵衛が平太を倉へと誘った。

「小僧さんは、砂糖の事を知りたいのかな。せっかく来たんだ。うちの倉に、どんな砂糖がどれくらいあるか、まあ見てみなさいな」

　小僧と呼ばれたのが気に入らないのか、平太は返事もせずに頷くと、番頭の後について奥へ向かう。栄吉は若だんな達へまた、頭を下げる事になった。

「口の利《き》き方を教え込んでなくて、申し訳ない。平太はまだ、安野屋へ入って間がないんだ」

「おや、それでは倉へ行って砂糖を見ても、注文など出来ませんね」

佐助が苦笑を浮かべると、栄吉は店奥へ気遣わしげな視線を送り、これ以上平太が馬鹿《ばか》をしなければいいがと言う。栄吉とてまだ若いが、菓子屋の息子で砂糖の扱いには慣れている。それで今日、注文を任されたに違いなかった。

佐助が茶を出すと、栄吉はほっと息をつき、若だんなにこぼし始める。

「最近安野屋じゃ、店を持ったり上方へ修業に出たりして、急に人が減ってね。それで旦那様が三人、新しい子を入れたんだ」

一人は先程の平太で、団子と茶を商う小店の子であった。気楽に家の商いを手伝っていたせいか、どうも態度が直らない。

おまけにもう一人の小僧、梅五郎と張り合い、日々困り事を作っているという。

「二人目は、大きな箱屋、橋田屋《はしだや》の三男坊でね。この子が梅五郎だ」

箱を扱う商売だから、親は安野屋と縁がある。梅五郎は、まだ何も覚えていない今から、いずれは菓子屋を持たせてもらえると、親と約束が出来ているらしい。

よって入ったばかりなのに、己《おのれ》は店主になる者だという態度を取り、他の小僧は下にみているのだ。特に、一緒に入った平太とは喧嘩《けんか》が多い。もう一人の、文助《ぶんすけ》という小僧のことは鼻も引っかけず、ろくに口もきかないという。

「三人目は、その文助って子だ」

親は腕の良い表具師《ひょうぐし》で、愛想は無いが、それで十分やって行けているらしい。しかし客商売をするには、愛想がないのは考え物だ。栄吉は、口べたな文助の事を、かなり心配していた。文助の場合、程度が酷《ひど》かった。

「聞く限りでは三人とも、なかなか困った小僧さん達ですね」

「ぎゅわぎゅわ」

佐助に言われて、栄吉は苦笑と共に頷く。

「その三人が店に来て幾らも経《た》たない内に、旦那様や番頭さん達が、寝付いちまってね。おかげで新米達に、押さえが利かない」

それで今日も、栄吉が謝る事になった訳だ。ここで栄吉が、急ぎひとこと付け加えた。

「あの、食い物屋で、一度に三人病人が出たっていうのは外聞が悪い。黙っててもらえるかな？」

若だんなが頷く。聞けば主らは三人とも、しつこい腹下しで、総身《そうみ》に力が入らないらしい。所用で三人一緒に行った料理屋の食べ物が、合わなかったんだろうとの話であった。

そんな折り、新米の困りものが店で勝手をしては、仕事が進まない。栄吉は最近、小僧達の面倒を見ろと言われており、今日はそれで平太を連れて出た訳だ。佐助が、若だんなの横で「ふふふ」と笑った。

「栄吉さんも、そろそろ若い子の面倒をみる立場になったんですね」

しかし昨日までと変わらず、安野屋には山と先達がいる訳で、栄吉はまだ、店で勝手が出来る立場ではなかろう。

「上と下に挟まれて、困る事が増えただけ。疲れてるといったところでしょうか」

「あの……はい、その通りです。佐助さん、何で遠眼鏡で見たように、分かるんでしょう」

栄吉はここで少し声を小さくすると、疲れたように息を吐いた。実は新米達のせいで、菓子作りの練習をする時が減っているという。菓子屋の息子であるのに、菓子作りが下手な栄吉は、それでも家を継ぐ夢を叶《かな》えるべく、日々一所懸命に頑張っていた。

ここで若だんなが、ぽんと手を打つ。

「そうだ、栄吉に使って貰おうと思って、砂糖と粉を少し分けておいたんだよ」

栄吉が一人で作った菓子は、まだ安野屋では、店に出しては貰えない。つまり練習の為だといって、勝手に店の砂糖などは使えないのだ。

だが材料がないのでは、菓子が作れない。それで若だんなが時々、長崎屋に入った品を幼なじみへ届けていた。

「ありがとうな、本当に助かるよ。一太郎《いちたろう》が融通《ゆうずう》してくれなかったら、私は安野屋ではろくに、菓子を作る事ができなかったと思う」

栄吉はここで持ってきた行李《こうり》を開け、中からいつもの土産を出してくる。

「毎度、私が作った品で悪いけど」

箱に入っていたのは饅頭《まんじゅう》と餅菓子《もちがし》であったが、最近その出来は少しましになっていて、長崎屋に巣くっている妖《あやかし》達は、ぱくぱくとよく食べる。

ただ。箱の中をちらりと見ただけで、佐助が首を横に振った。

「栄吉さん、相変わらず菓子の大きさが揃ってませんね。今も叱《しか》られてるんじゃありませんか？」

「えっ、一目見ただけで、違うと分かるかな？」

「餅の厚さも、まだまだ不揃いですよ。安野屋さんは豪快なお人柄だけど、菓子作りには厳しいでしょう？」

まだ、当分三春屋へは帰れませんねと佐助が言い、若だんなも栄吉も寂しそうな表情を浮かべる。住む場所が離れてしまったので、相も変わらず寝込みがちな若だんなは、友となかなか会えずにいるのだ。

「焦《あせ》っても、仕方がありませんよ」

佐助が優しく笑う。

「そりゃ、そうだけど」

しかし、若だんなはつい疑ってしまうのだ。

(佐助は百年くらい、短いものだって考えてないかな?)

長崎屋は昔から妖と縁が深く、数多《あまた》の者達が住み着いている。今、袖《そで》の内にいる鳴家《やなり》も、若だんなを育てたも同然の、佐助、仁吉《にきち》という二人の手代も、その妖なのだ。

そして妖は、時を越えるかと思う程に長生き故《ゆえ》、時のとらえ方が人と違う。若だんなが歳《とし》を取って死んだら、余りの速さに妖達がびっくりするのではと、若だんなは時々思っていた。

栄吉は頭を掻《か》いて、神妙に言った。

「その、もっと頑張ります」

若だんなが味見をしようと、饅頭へ手を出した、その時。

慌てて、後ろから来るのが分かった。

若だんなと佐助は、寸《すん》の間《ま》顔を見合わせると、急いで奥の倉へと向かった。栄吉が

(今の声、鳴家だっ)

とんでもない声が、不意に店奥から響いてきたのだ。

「ぎょんげーっ」

2

二番倉へ駆けつけると、九郎兵衛がうんざりした表情を浮かべ立ち尽くしていた。

その前では平太が、手に溢《あふ》れる程の砂糖を握りしめたまま、眉《まゆ》をつり上げ辺りを睨《にら》みつけている。横の棚に、砂糖入りの破れた小さな包みが見えた。

「平太っ、何をやってるんだっ」

若だんな達の後ろから来た栄吉が、慌てて平太の横へ飛んでゆく。すると平太は、総身から吹き出ている不機嫌を隠そうともせず、栄吉へきつい眼差《まなざ》しを向けた。

「倉で砂糖を見せて貰ってたら、また悪口が聞こえたんだ」

どうせ砂糖を見ても、平太には善し悪《あ》しなど分からない。無駄だ無駄だ。押し殺し

たような声は、確かにそう言っていたという。

「この倉には、長崎屋の者しか入れないよな？」

つまり長崎屋の誰かが客に、随分と頭にくることを言った訳だ。

「だから袋から砂糖をつかみ出して、声の方へ、思い切り投げつけてやったんだ！」

途端に黙ったと、平太はぐっと顎《あご》を上げ、戦勝を告げるかのように誇らしげに言う。

ここで九郎兵衛が、大きな溜息《ためいき》をついたものだから、平太はきつい表情を、今度は番頭へ向けた。一歩、前へ出る。

だがその襟元を栄吉が素早く摑《つか》み、怖い顔で睨みつけた。

「平太が握っているその砂糖！　どの店の品だ。言って見ろ！」

「どの店のって……砂糖を買いに来たんだから、安野屋の……」

「うちはまだ、砂糖を買ってない。それは長崎屋の品だ！」

他の店の売り物に手を出し、勝手に袋を破いて、いいと思っているのか。誰がその砂糖の代金を払うんだと問われて、平太の顔が強《こわ》ばる。

「砂糖を買いに来たんだから、この砂糖も一緒に買えばいいじゃないか。怒る事ないよ」

「お前が投げる為の砂糖を、買いに来た訳じゃないっ」

菓子に使うこの白砂糖一包みが、幾らすると思っているのか。

「銀四匁《もんめ》だぞ。団子の串《くし》が百本買える値だ！」

団子屋の親が、一日に何本の団子を商っているのかと栄吉が問い、平太の顔が赤くなる。

「まだ給金も出ない小僧が、どうやってこの砂糖の代金、店へ返す気なんだ？」

そう言った途端。

「うわぁっ」

土蔵の中に白いものが舞い、栄吉が悲鳴を上げる。顔を真っ赤にした平太が、握りしめていた砂糖を、栄吉へ投げつけたのだ。

「おいらを虐《いじ》めたなっ」

栄吉は菓子作りが下手だから、新しく来た自分を虐めて、気を晴らしているに違いない。平太は倉の中で、そうわめき始めた。

「旦那様に言ってやる。砂糖の事だって……おいらが袋を破かないよう、ちゃんと見てなかった栄吉が、悪いんだっ」

梅五郎も悪い。あいつが生意気だから張り合ったのだと、長崎屋に来てもいない小僧の名前まで出してくる。

「はあ？　どう考えたら、そんな事を思いつくんだい？」

栄吉がさすがに、呆然《ぼうぜん》とした顔つきになると、平太は虐められたと繰り返し、土蔵から飛び出していった。

「平太っ、まず長崎屋さんへ謝れっ」

栄吉が、必死にその背へ呼びかけたが、止まるものではない。平太が外へ出たのを見て、栄吉は唇を噛《か》み、若だんならへ頭を下げた。

「済まない。砂糖の袋は破くし、まだ買い付けの話もしてないのに。でも私は、小僧の平太を預かって出た。あいつを放っておけないんだ」

店へ奉公して間もない小僧が、どこかへ行きました。行き先は分かりませんとは、栄吉には言えないのだ。

「とにかく平太を捕まえて、一度安野屋へ連れて帰るよ。その後改めて、長崎屋へお詫《わ》びに来ます。本当に申し訳なかった」

栄吉はまた大きく頭を下げ、店表へゆくと、置いてあった行李を風呂敷《ふろしき》で包み、慌ただしく出て行く。二番倉からその様子を見ていた九郎兵衛が、気の毒にと小声で言った。

「あれじゃ、店でも新入りに勝手をされて、大変でしょうね」

九郎兵衛は苦笑を、佐助へ向ける。

「新入りの子守とは、こりゃ栄吉さんは頑張りどころだ」

奉公へ出れば、歳を重ねると共に、様々な仕事をこなしてゆく事になる。己の下へ、面倒をみなくてはならない者が来るのもその一つだと言うと、佐助が頷いた。

「菓子屋でも所帯が大きければ、菓子作りが上手《うま》いだけでは、やっていけません」

それにしても、長崎屋ではついぞ見ないような、我《わ》が儘《まま》な小僧だと佐助が言う。若だんなが心配そうに友の消えた方へ目を向けた。

「まさか、安野屋の新米は三人とも、ああいう子じゃないよね？」

佐助が破れた砂糖の袋を、懐《ふところ》にあった紐《ひも》で縛っている間に、九郎兵衛が小僧を呼んで、土蔵を片付けさせる。

若だんなはちょいと首を傾げてから、袋が破れた砂糖を、栄吉の試し作りに使ってもらおうと言いだした。客が手を突っ込み撒《ま》いた品は、店では売れないからだ。

「それでね、九郎兵衛。栄吉の為に取って置いた分を、店に出しておくれ。そうすれば損は出ないから」

「承知しました」

砂糖の話が何とかなると、そろそろ離れで炬燵《こたつ》に入って欲しいと、佐助が若だんなを促す。兄《にい》やは、若だんなが火鉢《ひばち》から離れたら風邪をひき、炬燵から離れたら熱を出してしまうと考えていた。

「世間のお人は、炬燵や火鉢を背負っちゃいないだろう？　佐助、離れても大丈夫だよ」

「おや、そうでしたか？」

だが。

離れへ戻ってみると、大丈夫、何でもないとは言えぬ事が待っていた。栄吉の菓子は離れにあったが、いつもと様子が違っていた。妖達が飛びつき、ごっそり減っている筈なのに、今日は饅頭や餅菓子が、ほぼ手つかずで残っていたのだ。

「ねえ仁吉、そういえば妖達はどこ？　お菓子があるのに、何でいないんだろう」

炬燵の周りを見回しても、いつもの面々がいない。今頃菓子に気がついたらしい鳴家達が、何匹か影から現れてきただけで、小鬼まで酷く数が少なかった。

「屏風《びょうぶ》のぞき、どこにいるの？　お獅子《しし》は？　金次《きんじ》や鈴彦姫《すずひこひめ》も来てたよね？」

菓子があると、不思議な程素早く現れる獺《かわうそ》や野寺坊《のでらぼう》も、今日はやってこない。

「うーん、不思議だ」

ちょいと不安になって、若だんなは餅菓子をちぎると、一所懸命手を伸ばしてきた小さな鳴家達に持たせる。数匹がぱくりと食べて、それは嬉《うれ》しげな顔をした所で、誰か仲間の行き先を知らぬかと問うてみた。すると、一匹が「きゅい」と鳴いた。

「みんな、影に入った。行李の中の影」

「行李?」

「一緒。屛風のぞき、鈴彦姫達」

「妖達は、行李の中にいるの?」

はて、部屋に行李など出してあったかなと見渡してみても、そんな入れ物は見当たらない。納戸《なんど》にあるのかと、若だんなが立ち上がったところ、小さな鳴家が裾《すそ》を引っ張った。

「あっち」

「えっ?」

もぐもぐと餅菓子を食べつつ、小鬼が指さしたのは、長崎屋の母屋《おもや》であった。

「長崎屋の店表にある行李へ入ったの?」

店に行李など出てたかなと言ってから、若だんなと佐助が目を見合わせる。

「そういえば栄吉さんは、行李を持っていましたね。菓子を入れてきたやつです」

若だんなが頷く。

「帰る時、風呂敷で包んでいった」

栄吉は急ぎ飛び出ていったし、若だんなは行李のことなど気にもしなかったのだ。

「栄吉さんの行李に入っていったんですね。妖ども、何をしようっていうんでしょう」

仁吉はただ驚いているが、二番倉の騒ぎを知っている若だんなと佐助は、表情を強ばらせる。

「さっき、安野屋の新米小僧平太が、倉の中で、売り物の砂糖袋を破いてね。中身を妖達にぶつけたんだよ」

「は？　余所《よそ》の店の品へ、勝手に手を出した小僧が、いるんですか？」

仁吉は妖達の事より、そんな振る舞いをした者がいた事に驚いている。若だんなは、困った表情を浮かべた。

「妖達は、きっと怒ったんだよね。その後、安野屋へ戻る荷の内へ、潜り込んだという事は……」

平太へ仕返しをしようと、思い立ったのかもしれない。妖らは、やられっぱなしでいる事が許せなかったのだ。

「安野屋で、何をする気なんでしょうか」

「うわぁ、仁吉、佐助、これは拙《まず》いよ」

若だんなは心底困った声を出した。何しろ安野屋は菓子屋だ。大層美味《おい》しいお菓子を、それは沢山作っている所なのだ。

そして長崎屋の妖達は、若だんなと一緒にいる離れで、たっぷり菓子を食べる事に慣れている。妖らは菓子へ勝手に手を出しても、怒られた事などなかった。

「安野屋へ行ったら、きっと、平太さんへの仕返しなんかすっかり忘れて、楽しく菓子を食べてしまうんじゃないかな」

店へ向かった妖の数が多い。もし菓子へ手を出したら……十個や二十個で済むとは思えなかった。

「おや、つまり安野屋の菓子には、危機が迫っているんですね」

妖らが、店中の菓子を食べてしまった時に備えて、金子《きんす》を用意した方がいいでしょうかと、仁吉が腕を組んでいる。すると佐助が、金を支払うだけでは済まないだろうと、落ち着いて言った。

「安野屋さんは、注文を受け菓子を作る事が多いと、栄吉さんが言ってたぞ」

料理屋や色々な集まり、家での行事などで食べる菓子は、店売り以外の品だ。それがあるので安野屋の商いは、店の構えの割には大きいという。

「その大事な品が無くなったら、店の信用に関わる。金では話がつかないかもしれん」

酷く困ったら、安野屋は菓子を盗んだ者を探しに掛かるだろう。そして。

「もし万が一、うちの妖達が捕まってしまったら……」

「さて、若だんな、どうなるでしょう」

「佐助、仁吉、落ち着いて話している場合じゃないよっ」

若だんなが頭を抱える。

「拙い……もの凄《すご》く怖い事になってきた」

長崎屋の妖達に、もっと気をつけろと言っておくべきだったのかもしれない。このお江戸には妖退治で高名な僧とている。今は妖らと馴染《なじ》みの寛朝《かんちょう》とて、その一人なのだ。

「恐れを招けば、妖は狩られる事もある。うちの皆は、最近すっかり、それを忘れてるみたいなんだもの」

このままだと、下手をしたら妖らは、捕まって見世物にされたり、退治されてしまいかねない。つまり安野屋にも長崎屋にも、危機が迫っているのだ。

「何としても早く安野屋へ行って、菓子を食べる前に妖達を連れ帰らなきゃ！」

栄吉が平太を追っていってから、まだ余り時は経っていない。

「こちらは真っ直ぐに安野屋へ向かえば、間に合うかもしれないね」

しかし兄や達が感じる危機は、妖らの事ではなかった。

「若だんな、外へ出るには、今日は寒過ぎると思うんですが……」

「きっと風が吹きます。すると埃《ほこり》が立って、若だんなの目に入りますよ。そうしたら源信《げんしん》先生に急ぎ来て貰わなきゃなりません。拙い事に駕籠《かご》屋の駕籠が出払っていて、往診に来るのが遅れたら、若だんなはその間に高い熱を出すかも」

「何でそんな話に、なるのかしらん」

若だんなはとにかく考えを告げた。

「仁吉、菓子屋で使う砂糖の包みを、見本として行李へ詰めておくれ。佐助、さっき平太が破いた砂糖の袋を持ってきて。急いで」

砂糖を届けるという口実で、若だんなは安野屋へ向かうつもりなのだ。行かないと心配で、かえって病になると言い張ったら、兄や達は仕方なく駕籠を呼んでくれた。

3

若だんなと兄や達と砂糖は、安野屋の前で駕籠を降りた。土間に立っても、取り次ぎの者も出て来ない。

だが驚いた事に、店に並んでいたのは菓子ばかり。勿論《もちろん》栄吉の姿もなかった。

（これは、もしかして……私は間に合わなかったのかな？）

早、騒ぎが起こったのかと思うと、顔が強ばってくる。どうしようかと迷ったその時、突然奥から飛び出してきたものがあった。

（なんと、お獅子！　鳴家も！）

泣きそうな顔をした三匹の鳴家を背にのせ、お獅子が表へ駆け出てきたのだ。見れば鳴家達はその口に、菓子をくわえていた。

（南無三《なむさん》）

誰かの目に止まらぬ内にと、とにかく鳴家達を拾い上げ袖内へ押し込む。付喪神《つくもがみ》のお獅子は急ぎ、本体である印籠《いんろう》へ戻した。小声で袖内へ、他の皆はどうしたのかと聞くと、半泣きの声が、怖い怖いと言ってきた。

「ぎゅい、美味しいお菓子が木箱に一杯。みんなで誰も居ない部屋の、影の内へ持っていって、食べたの」

そうしたら若い小僧が入ってきて、嫌な笑いを浮かべながら、何かを木箱の奥へ隠した。

「場所を変えた方がいいかなって言ってた」

慌てて皆で逃げたが、その時、空の木箱が転がった。途端、怖い事が起こったのだ。

「ぎゅべ、若い奴《やつ》、何か投げつけてきた」

大きな音がして、屛風のぞきが頭に瘤《こぶ》を作ったという。そこに別の誰かが来て、今店は皆が右往左往しているらしい。

若だんなは、がくりと肩を落とした。

「そうか。騒ぎになっちゃったんだね」

やはり、妖達は菓子を食べてはいけないなどと、欠片《かけら》も思わなかったのだ。袖内の鳴家達の頭を撫《な》でてから、若だんなは落ち着いた声で、こっそり言い含める。

「お菓子はね、長崎屋の離れで食べないと駄目なんだ。叱られたりするんだよ」

「きゅわっ、でも、美味しそうだったの」

安野屋の菓子は、栄吉の菓子よりずっと美味だったと、友には聞かせられない言葉を鳴家達は口々に言う。

「妖達は栄吉に、姿を見られちゃいないよね？　そう、大丈夫なの。誰にも見つかっちゃいないんだね」

若だんなは思わずほっと息を吐くと、鳴家へ頼み事をした。

「あのね、一緒に来たみんなの所へ戻れる？　佐助が行李を持ってきたから、その中の影へ、皆で入って欲しいんだけど」

無事、全員行李へ入ったら、一緒に長崎屋の離れへ帰るのだ。そして、ちゃんと言う事を聞けたご褒美に、皆でゆっくりお菓子を食べようねと言ったものだから、鳴家達は嬉しげに頷いた。

「ぎゅい、皆一緒に、長崎屋へ戻る」

「うん、そうだね。良い子だ」

あっという間に、袖内の鳴家達が消えた所へ、安野屋の手代が奥から出てきた。遅くなりましたと頭を下げる手代へ、若だんなが名乗り、砂糖の見本を持ってきた事を告げると、恐縮した表情を浮かべる。そして、店奥の一間へ三人を誘ってくれた。

「店表に人がおらず、本当に申し訳ありません。主達の不調がなかなか治らないでいる時に、店奥で妙な物音を聞いたという話が出まして」

それでなくとも安野屋では今日、急に菓子が足りなくなったりして、騒動が続いていた。更に妙な話が出たものだから、今朝も吐いていた主が起き出そうとし、今皆でそれを止めていたのだという。

「おや、安野屋さんの不調は、まだすっきりしないのですね」

　随分、長いですねと若だんなが首を傾げ、仁吉へ、胃の腑《ふ》の薬を持ち合わせていないか問う。長崎屋は薬種《やくしゅ》問屋もやっており、並の医者よりも確かな薬を作ると、評判を得ていた。

「なんと、砂糖だけでなく薬もお願い出来るとは。助かります。本当に助かります」

　今の薬は、主にも番頭達にも一向に効かないと、手代は渋い表情を浮かべている。その手代に案内され、店奥の主が寝ている部屋へゆく途中、若だんなは佐助へ、自分達と別れ、妖達を集めておくれと頼んだ。

「皆がこれ以上お菓子を食べない内に。頼むよ」

「分かりました」

　ここで佐助が手水《ちょうず》を拝借と言い、上手く若だんな達から離れる。仁吉と若だんなが安野屋の寝間へゆくと、久方ぶりに見る当主は、ぐっと顔色が悪く痩《や》せて見えた。

「これは長崎屋の若だんな、お久しぶりで」

　安野屋はわざわざ身を起こすと、梅五郎と呼ばれた小僧に綿入れを羽織らせてもらった後、彼を部屋から出す。若だんなは、砂糖の用で来たと言った後、せっかくだからと仁吉の薬を勧めた。

「いや、医者には診てもらっているのですが……そうですか？　ええ、治らないんだから、一度他の人にも診せた方がいいですな」

仁吉が頷き、何日前の何時頃《いつ》から、どういう具合に調子を崩したのか、店主へ細かく聞き始めた。ずっと腹具合が悪いのだと、安野屋は少し気恥ずかしそうに口にする。先日、番頭達と揃って会合へ行き、その後具合を悪くした。何故《なぜ》だかそれきり治らないのだ。

「もうずっと、同じように具合が悪いのですか？　段々、良くなったりせずに？」

「番頭達も、似た様子だそうだ」

安野屋の言葉に、ひょっとして薬が合わないのではないかと、医者から貰った煎《せん》じ薬の袋を仁吉が手に取る。入っている薬を土瓶で煎じて、それを飲んでいるのだ。

「この薬、胃の腑には良さそうですね。大して強い代物《しろもの》ではありませんが」

煎じ方でも悪かったのかと、若だんなが枕元《まくらもと》にあった土瓶へ手を伸ばす。ひょいと鼻を近づけて、首を傾げる事になった。

「ねえ、仁吉。胃の薬にしちゃ、珍しい匂《にお》いがするんだけど」

直ぐに仁吉も土瓶を手にし、大きく眉をひそめた。若だんなは煎じる前の薬を渡され、匂いを嗅《か》ぐと、仁吉と目を見合わせる。

「これ、違う匂いがするよね？」

「元の生薬《きぐすり》とは、違います。何か足してあるようですね」

「は？」

驚いたのは安野屋で、すぐに手代を走らせると、寝付いた番頭達の元にある、薬入りの土瓶を持って来させる。仁吉と共に若だんなが確かめたところ、両方から、似た匂いが立ち上ってきた。

「他の薬と混じっているので、何が入っているのか分かりません。ですが」

この土瓶の中身は飲まないようにと、仁吉は言い切った。

「今から一服、胃の腑に効く薬をこしらえて、直ぐに皆さんに飲んで頂きます。その後は……薬は一切飲まず、暫《しばら》く粥《かゆ》か、雑炊だけ食べていて下さい」

多分その方が早く治ると言われて、安野屋が頷く。それから、飲み薬の用意を始めた仁吉の横で、気味悪そうに土瓶へ目を向けた。

「つまり、この中身を薬と信じて飲んでいたんで、私らは治らなかったんですね」

そして元々貰った薬と匂いが違う以上、多分医者は、皆の不調とは関係ないと思われた。

見舞いに来た者の差し入れが、身に響いたという事もあり得ない。店主と番頭二人、全《すべ》ての部屋へ顔を出した客など、いなかったのだ。安野屋が、布団《ふとん》を掌《てのひら》でぐいと握りしめた。

「薬を煎じた後、誰かがそれに妙なものを足したんだね」

食べ物を扱う店で、店主以下、主《おも》だった者を病人にしようとしたのは誰なのか。泣きそうな顔つきになった店主は、どう考えても今回の事は、店内の者の仕業だろうと言いだした。医者の薬を煎じた後、土瓶に近づく事ができたのは、中にいる者だけだからだ。

「参ったたな。こんな事が起きるなんて、私の主としての行いが悪かったんでしょうかね」

病で気が弱くなっているのか、安野屋の口からは、何時になく弱い言葉が漏れ出てくる。

そんな事ありませんよと、安野屋の手代が声をかけた時、天井がきゅいと鳴いた。はっとして視線を隅の影へ向け、若だんなは一寸《ちょっと》目をつぶった。

(妖達、直ぐに行李へ入るように言ったのに、まだ店内に散らばっているみたいだ)

このままでは、また菓子が消えてゆくだろう。若だんなは迷った後、心を決めると、安野屋の布団へにじり寄る。それから思い切って、主へこう持ちかけた。

「あの、差し出がましいですが……よろしければ私が、その妙な薬のこと、調べてみましょうか？」

「えっ？　若だんなが、ですか？」

「若だんな、何をおっしゃるんですか」

安野屋と仁吉の声が重なる。若だんなは構わず、店主と目を合わせた。

「身内のことを、同じ店にいる者が調べるのは、大変かと思うのですが」

言われて安野屋の目が、土瓶を見る。店の評判を考えれば、岡っ引きなど余所の者へ、薬の調べを頼むことは出来ないだろう。しかし店主や番頭達が寝込んだ理由は、妙な薬のせいだと分かってしまった。後々に不安を残したくなければ、放っておく事も難しい。安野屋は、若だんなを見た。

「本心を言えば、是非にもお願いしたい。若だんなであれば信頼出来るからね。ありがたい申し出だ」

だが。横で手代さんがしかめ面《つら》をしてるよと、安野屋が布団の上で笑う。妖達の事など知らないのだから、病弱な若だんながどうしてそういう申し出をしたのか、今ひとつ納得いかず、話を受けないのだと分かった。

(言い訳が必要か)

若だんなは一寸考えてから、口を開いた。

「実はその、調べ事をする代わりに、お願いがありまして」

もしちゃんと、薬が妙な代物に変わった訳を見つけられたら。一つ、こっそり聞いて欲しい事があるのだ。

「こっそり？」

「あの、栄吉は菓子作りの練習をしたがってます。ご存じですよね？」

だが最近若い者達が入ってきたので、その為の時を、取る事が出来ずにいるのだ。

「栄吉は、凄く困ってます。でも自分だけ特別扱いして欲しいとは、言えないだろうし」

毎日、菓子作りが出来る時を、栄吉の為に取ってはもらえないだろうか。それが、若だんなの願い事であった。安野屋が目を見開く。

「こいつは、思いの外の願いだ。若だんな、大層友達思いだねえ」

すると若だんなは、そんなに立派な話ではないと正直に言った。

「寝付いてばかりの私は、友が少ないんです」

近所にいる、似た歳の若者達を知らぬではない。だが今は皆、子供とは呼べぬ歳になってきて忙しい。職人や商人となった者は先々を考える頃だ。嫁取りの話が来たり、さもなくば元気に吉原《よしわら》や深川《ふかがわ》へ、足を運ぶ者も多い筈だ。

「でも私は、簡単には誘ってもらえません。うちへ、深川で遊ぼうなんて言いにきたら、兄や達から睨まれてしまうし」

横で仁吉が、遠慮なく頷いて言う。

「そりゃ深川も吉原も、長崎屋から遠いですからねえ。行くだけで若だんなは、疲れちまいますよ」

「だから、栄吉には早く一人前になって、三春屋へ帰ってきて欲しいんです。時々、酷く寂しいから」

隣に住む幼なじみであれば、家族を持ち時が過ぎても、縁はずっと続いてゆく。

「あの、駄目ですか？」

問われた安野屋が、何故だかまぶしいものでも見たかのように目を細めた。そして少し笑う。

「ああ、何だか急に、若くて遊び惚《ほう》けていた頃の事を、思い出しちまった」

あの頃遊んでいた仲間は、今はいい大人になっている。皆、背負っているものが大きい歳だと安野屋は語った。

「昔みたいに、ただ会いたいから会って、つるんで一緒に過ごす間は……酷く少なくなったねえ。やれやれだ」

安野屋は若だんなへ、ゆっくり頷く。

「私らが仕事に戻れば、店の皆にも余裕が出る。栄吉にも暇な時をやれるだろうよ」

だから、薬湯へ妙なものを入れたのは誰か、調べて欲しいと店主は願ってきた。

「それにしても、若いなぁ」

ここで店主は、本心羨《うらや》ましそうに若だんなを見た。安野屋も若い頃は、友と一緒に色々馬鹿をやったそうだ。今は亡《な》き親に、揃って叱られた時のことを思い出すと安野屋が口にすると、天井がきゅわきゅわと軋み、若だんなは困ったように笑う。

一寸、安野屋が縁側のそのまた向こう、店内ではないどこかを見ているような気がした。

4

若だんなと仁吉は安野屋の次に、番頭達が暮らす隣の長屋へ向かった。

事情を話して、仁吉が手ずから薬を作り、二人へ飲ませる。その後、店はすぐ隣だからと付いてきた手代を世話に残し、若だんな達は一足先に安野屋へ戻った。

すると庭先に、行李《こうり》へやっと妖らを集めた佐助が待っていた。佐助によると、空き部屋へ不意に現れる小僧がいて、妖を見つけるのが大変だったらしい。

「若だんな、小鬼に聞きましたよ。薬へ妙なものを入れた誰かを、探すと約束されたとか」

その対価として、栄吉のことを安野屋へ頼んだと知り、佐助は口元を歪《ゆが》めている。

「栄吉さんは寝る間を削ってでも、菓子作りは続けますよ」

若だんなは、佐助へ笑みを向けた。

「あのね、佐助。栄吉が、ゆっくり菓子を作れたらいいなと思ったのは、本当だよ。でもね、安野屋さんへああいう風に頼んだ訳は、他にもあったんだ」

薬を、余所の店の者が調べると聞けば、安野屋の皆は、そのことに目を向ける。つまり。

「妖達が食べちゃったお菓子のことは、二の次、三の次になるとは思わないかい？」

菓子は生ものだ。若だんなが時を稼ぎ、その間に注文が間に合えば、なくなった菓子の事は忘れられていく。

「他に気に掛かっている事がある時は、特に」

悪いと思うから、今回安野屋へ届ける砂糖を、おまけしておくつもりだと言うと、佐助が頷《うなず》いた。

「なるほど、そういう話でしたか」

それでは大急ぎで事を片付け、炬燵と火鉢が待つ長崎屋の離れへ帰ろうと言い出す。若だんなは大きく息を吐いた。

「どうしていつも、そういう話に落ち着くのかな。不思議でならないよ」

「何でしたら、腹下しの薬を盛った奴は、私が探しておきます。若だんなは、佐助や困りものの妖達と一緒に、先に帰ってもよいかと」

仁吉がひとこと言うと、途端、行李の中から、あれこれ声が聞こえてきた。

「きゅんいー、鳴家、役に立つ。お菓子、一杯食べた」

「おい、あたしを帰してどうするんだ。この屏風のぞきがいりゃ、百人力だ。さっきだって、あたしにものをぶつけた小僧を見つけたんだぞ。空き部屋へ来た奴のことだ」

「ああ、安野屋さんの側《そば》にいた小僧さんですね。仁吉さん、あたしはこの店のお餅《もち》のお菓子を、もう一つ食べときたいんです」

「えっ、屏風のぞきに瘤を作ったのは、梅五郎さんだったの？」

「ひゃひゃひゃひゃ、若だんな、屏風のぞきにゃいい薬だったさ。ところで鈴彦姫。餅を食べられちゃ拙いから、お前さん、帰れって言われてるんだぜ」

「あら金次さん、どうしてです？」

「きゅんげ？　お餅、ここにある。若だんな、あげる」

昼間なのも、他の家にいるのもお構いなし、妖達は大きな声で堂々と喋《しゃべ》る。おまけに鳴家が持っていた餅菓子は、商売ものであった。

「あのね鳴家、余所で大声を出しちゃ駄目だよ。妖がいるって騒ぎになるから」

その時、仁吉がさっと視線を廊下の先へ向け、若だんなは慌《あわ》てて言葉を切った。栄吉が姿を現し、若だんな達を見つけると、手を振ってやって来たのだ。

慌てて小鬼へも黙るよう言ったが、指名を受けなかった屏風のぞきが暢気《のんき》に話し出す。

「あ、栄吉だ。知ってるか？　長崎屋で平太が馬鹿をした事で、栄吉は手代に叱《しか》られてたぞ。お前が付いていたのにって」

佐助が行李をごんと殴り、廊下が静かになる。側に来た栄吉が、笑みを向けてきた。

「若だんな、わざわざ砂糖の事で、来てくれたんだってね」

すると、栄吉が若だんなの方を向いたのをいいことに、行李の内からまた屏風のぞきが勝手なことを言いだした。

「生意気な小僧、どうした？」

「は？　何か言いましたか？」

佐助が慌てて、己《おのれ》が言ったように取り繕う羽目になる。栄吉が頷いた。

「生意気な小僧……多分、俺と一緒に長崎屋へ行った、平太のことを聞いてるんだよね？」

今、安野屋には困り者が三人いるので、どの小僧か直《す》ぐには分からなかったと、栄吉が苦笑を浮かべている。

「何だか、色々話がありそうだね」

長い話になると見て、仁吉が若だんなを縁側に座らせた。栄吉はため込んでいたものがあったらしく、己も座ると、どんどんと話し始めた。

「三人の新入りなんだけど、皆、もう十三なんだよ。うん、ちょいと遅めの奉公だよね」

栄吉も、いい年になってから安野屋へ来たから、奉公人としてはまだまだだ。しかし、もう一年は勤めている。よって当然、三人の先輩に当たる訳だ。だが、しようのない小僧達は、菓子作りの腕がない事を言い立て、栄吉の言う事を聞かないらしい。

いや、それどころか。

「あ、これは、余所に伝わると拙い話なんだけど」

「何だい？　言っちまいな。すっきりするよ」

また屏風のぞきが口出しし、うんざりした佐助が行李をぶんと振り回したものだから、中からの声が途絶える。栄吉は少し首を傾《かし》げたものの、いつもの長崎屋の面々相手だからだろう、内々の話を語り出した。

「三人の新入りがねえ、益々好き勝手をやりだした気がして。あいつらときたら、旦《だん》那《な》様にまで、言いたいことを言い始めたんだぞ」

箱屋橋田屋の梅五郎は、まだ奉公を始めたばかりの身で、主人へ対等に話しかけるのだ。

「そしたら平太まで、それを真似《まね》し始めるし」

一方表具師の息子文助は、本当は菓子屋ではなく、医者になりたかったのだと栄吉は聞いていた。しかし文助は、暗い上に口べただ。番頭らによると、文助の奉公が遅かったのは、一旦医者に弟子入りした後、帰されたかららしい。

まだ心残りがあるようで、文助は今も、医者になりたかったとつぶやいているのだ。

「そしてさ、文助は店に来てから、大事な薬が入った印籠をなくしたんだと。で、何とか見つけてくれと泣きついて、旦那様に手間をかけたんだよ」

安野屋の皆が、溜息《ためいき》をつく事になった。

そして団子屋の子平太は、他の二人に負けまいと張り合い、やたらと威張るのだ。

「おかげで梅五郎と平太は、しょっちゅう喧嘩《けんか》してる」

栄吉の声が暗い。若だんなが友へ優しく声をかけた。

「多分栄吉が、その三人に細かい事を教えろと上から言われて、往生しているんだね。そりゃ大変だ」

栄吉は返答をしなかったが、小さく頷いたようにも見えた。

「ぎゅわー、悪い奴らだ」

「ひゃひゃ、あの三人は妙なことしてたよ」

「こらっ、勝手に喋っちゃ」

「うふふ、そんな三人なら、店主や番頭達から、あれこれ言われてるだろうね」

誰の言葉かと、栄吉はまた首を傾げる。だが直ぐ横から言われたのだから、勿論兄や達が話したと思ったに違いない。返事をした。

「そりゃあ、まあ、新入りは叱られてます。でも新入りが入った時は、いつもそんなものだっていうけど」

「きゅい、でも三人、怒ったかも」

「きゅいって？」

ちょいと高い声を聞き、栄吉が目を見開く。若だんなの顔が引きつった時、場の様子などお構いなしの問いが、栄吉の顔を強《こわ》ばらせ、僅《わず》かな疑問から引きはがした。

「となると三人の小僧は、主殿《あるじどの》や番頭方に、仕返ししたかもしれないよねぇ」

「ええ。何しろ生意気な奴らだから」

そうつぶやいてから、栄吉は己の言葉に驚いたようであった。呆然と口にする。

「もしかして……三人の内の誰かが、薬湯の入った土瓶に、妙なものを入れたんだろうか」

例えば腹を下し、何日も具合を悪くさせるような代物を。

妙な匂いのする薬湯の事は、まだ栄吉には伝えていない。しかし栄吉も薬湯を疑った。そして栄吉は、己の言葉のせいで黙ってしまったのだ。すると、また、誰が話したか分からない声が続いた。

「ひゃひゃ、最初は料理屋の食べ物が、合わなかったんだろうさ」

「ぎゅい、三人は病になったぁ」

「で、お医者が来たんですね」

「ああ、その時煎じた薬に、安野屋の誰かが、妙なものをちょいと入れたって訳だ。

その薬は、どこから手に入れたんだ？」

「腹下しをさせる薬なんて……ひゃひゃ、あったかもな。文助が無くしたと言った、印籠の中に」

ここで佐助がまた行李を振り、栄吉は横で酷《ひど》く悩んだ顔つきとなる。その心配は、声の主が誰かという事より、他の方へ向かっていた。

「あの、一太郎。もし、だよ。もしあの新入り三人の誰かが、旦那様達が寝込むような事をしたとしたら」

栄吉は途方に暮れた表情を浮かべた。

「私はこれから、どうしたらいいんだろう？」

無くした印籠に薬が入っていたとしたら、誰がそれを使ったのかは分からない。

「あの三人が、力を合わせたとも思えない」

己の夢ばかり語っている、人の言うことなど聞かない三人であった。主の言葉にさえ従わないのだから、ましてや一緒に入った小僧の意向に従う訳もない。

「でも、このままだと三人とも……」

栄吉が言葉に詰まり、若だんなが話を継いだ。

「あの三人が店へ来て、あまり経《た》たぬ内に騒ぎが起きた。三人をしつけていた主達が、薬に何か盛られて病になったんだもの。こりゃ栄吉が何も言わなくても、奉公人達の間で、その内噂《うわさ》が出そうだね」

佐助も頷く。

「あの三人は全員、奉公人の繋《つな》がりからはじき出されますね。店に居づらくなるでしょう」

ひょっとしたら、三人の内二人は関係がなくとも、いや、実は三人とも知らぬ話であってさえ、一蓮托生《いちれんたくしょう》の運命だろう。己は薬湯へ妙なものを入れていないと、はっきりさせることが出来なければ、三人には同じ結果が待っている。

栄吉が、眉《まゆ》をひそめた。

「でも何日も前に、誰かがこっそりやった事なんて、今更分からないかも。本人以外はね」

若だんなと兄や達は、顔を見合わせた。

5

栄吉を安野屋の作業場へ帰した後、奥の一室を借りた若だんな達は、急ぎ話し合いをした。三人の真ん中には、玉手箱のように危うい妖《あやかし》入りの行李が置かれていた。

「さて、決断の時だよ」

若だんなが行李へ視線を落とす。

「安野屋の薬に異物が入れられた訳と入れた者を、どうやって調べるか、だけど」

一つは岡っ引きや同心《どうしん》のように、地道に噂を拾い、確かな所へ至るというやり方だ。

「手堅いし真っ当だけど、調べ上げるのに時がかかりそうだよね」

いや、下手をしたら調べあぐねている内に、安野屋から、もう騒ぎはおしまいにしたいと言われるかもしれない。

「もう一つのやり方は」

目の前の玉手箱を……いや行李を開け、妖らを安野屋の内へ解き放つ。妖の数と力を借りて、真実に迫っていくやりようであった。

「影の内からこっそり相手へ迫れるし、隠しているような品も、探せると思う」

例えば、未《いま》だに隠し持っているかもしれない薬を、探す事も出来そうだ。店主らの薬に入れられていたのと同じ薬を持っている者が、まず間違いなく犯人であった。

しかし。このやり方には怖い面もある。

「また菓子屋に、菓子が大好きな妖達を、放つことになってしまう」

勿論《もちろん》若だんなは先程から、妖達に言い聞かせてはいる。

「私や兄や達の外から、菓子を貰《もら》ったりしちゃ駄目だよ。長崎屋以外で菓子を食べていいのは、花見などの特別な日、出かけた時だけ」

だがそれでも妖は人ではないし、人と同じようには考えない。不安な気持ちはぬぐえないのだ。

「さて、どうしようか」

すると、これまた人ではない兄や達は、妙な考えに基づき、事を決めると言いだした。

「地道なやり方でも構いません。ですが調べるのは、私と佐助が交代でやります。若だんなは長崎屋の離れで、温かくしていて下さいね」

兄や達が交代で調べると言ったのは、一人は若だんなと共にいなくてはいけないからだという。

「一に考えるべきは、若だんなですから」

「私も調べるよ！　だって仁吉、安野屋さんと約束をしたのは、私なんだよ」

「ならば疲れますから、今日中に調べをつけねば。妖達にも手を貸して貰いましょう」

売り物の菓子が、少々被害に遭うかもしれないが、それは仕方がなかろうと佐助があっさり言う。

「若だんなが早めに長崎屋へ帰る事が出来る。大切なのは、そこですから」

「……だからどうして、そういう変な考えに行き着くのかな」

溜息をつきつつも、妖らの考えも聞いてみようと、若だんなが行李を開ける。菓子へ手を出さず、他へ逸《そ》れたりせず、土瓶に入っていた薬湯と似た薬を探してくれるか、尋ねる事にしたのだ。

ところが。

「あれ……？」

蓋《ふた》を取った途端、若だんなの目が丸くなる。

「中に、妖達がいないよ」

影の内に隠れている訳ではない。先程佐助が集めて回った妖達は、見事に行李の中から消えていたのだ。

「長崎屋へ、帰ったんだと思う？」

怖いような気持ちと共に、若だんなが小さな声で聞く。しかしやはりというか、兄や達はきっぱり首を横に振った。

「そういうつもりであれば、このまま行李の中で寝ていた方が、道に迷わずに済みます」

仁吉の言葉を聞き、佐助が深く頷く。

「妖らに砂糖を投げつけた小憎らしい小僧が、さらなる悪さをしたかもしれない。先程そう結論が出たんで、きっと張り切ったのですよ」

つまり皆は、悪を成す者を、懲《こ》らしめようと決めたのだ。

「こりゃ、怪しい薬など探しには行きませんね。小僧達へ悪戯《いたずら》する方が面白いでしょうし、その上安野屋には、美味《おい》しい菓子が溢《あふ》れていますから」

薬の事などすっかり忘れて、またもや菓子を食べているかもしれないと、佐助が言う。

いや平太に出会った途端、やっつけようと、無謀にも姿を現すかもしれない。先刻のように、人が聞いているのも構わず、しゃべり出すかもしれない。ほかにも、十ぐらい不安な事を思いつくと言われて、若だんなは頭を抱えた。

「とにかくもの凄《すご》く急いで、犯人を見つけよう」

事を終わらせてしまえば、妖達も行李へ戻ってくるかもしれない。そう口にした途端、安野屋の奥の方から、大きなざわめきが聞こえた。

「何があったんだ？」

廊下に足音が響き、声の方へと人が集まる。主達の病が不思議な程治らぬ時であったから、安野屋ではいつになく皆の気が立っている。騒ぎになるのも早いようであった。

「妖らが、無茶をしたのではありませんように」

若だんな達も皆の後を進むと、途中で栄吉のいる作業場が目に入った。呆然《ぼうぜん》としているのでどうしたのか問うと、何故か菓子が大分、消えてしまったという。

(あれま。ごめんね、栄吉)

若だんなは益々心配を募らせて、奥へと進んでいった。すると。

「お……や？」

そこは店奥にある台所の板の間であった。女中が大声を上げたので、人が集まっている。

長屋などでは、朝、一日分の飯を炊《た》いてしまうが、安野屋は多くの奉公人を抱えており、食べる量が多い故《ゆえ》、食事のたびに炊く。今日も夕餉《ゆうげ》へ向け、そろそろ支度を始めようとしていたら、突然板の間へ降ってきた物があったと女中が口にした。

「降ってきた？　何が？」

すると女中は、土間から一段高くなった板の間の、中程に転がっているものを指さした。

「おや」

　これまた、似たり寄ったりな言葉が、皆の口から漏れる。重なっている膳《ぜん》の前にあったのは、よくある見てくれの印籠《いんろう》だった。

「何でこんなものが、台所にあるんだ？」

　ざわざわと、奉公人達の声が部屋内に響く。印籠が降った訳は、多分自分達にしか分からないであろうと、若だんなは兄や達と目を見合わせた。

（妖だ。部屋の影内にいるね）

　先程、作業場に置いてあった菓子を食べたのも、行李から逃げ出した妖の面々だろう。

（でも、印籠は食べられないよねえ。誰が手をだしたんだろう？）

　大方妖の一人が、匂いの強さにでも惹《ひ》かれて手に取ったのかもしれない。しかし、どう考えても、美味しいものではない。安野屋には他に、心をそそられる美味しい品が山とあるのだ。

（それで、適当に放り出したかな）

おかげで突然、印籠が台所に降ることになり、女中が驚いた訳だ。

その時、部屋が一寸静かになった。奉公人達の一人が、印籠の持ち主の名を語ったのだ。

「あの印籠、文助のものじゃないか？　ほら先に、無くなったと騒いでいたやつだ」

「何で台所で、見つかるんだ？」

「おい、印籠にゃ薬が入ってるよな？　剣呑《けんのん》な代物じゃなかろうな」

その声が出た途端、手代の一人が印籠を拾い、匂いを嗅いだ。するとぐっと怖い表情を作り、部屋の端へと目を向ける。

そこには細っこい男の子が立っていた。その周りから僅かに人が引くと、男の子の顔が強ばる。じき、総身が震え出した。

（あの子が、文助だね）

文助へ向ける皆の視線が、きつくなってゆく。若だんなが慌てて前に進み出た。

「その印籠の中身、一度うちの仁吉に、確かめさせて貰《もら》えませんか」

薬種問屋の手代ならば、薬の事もよく分かると言うと、印籠は仁吉の手に渡った。

しかし今も、部屋内はざわついたままだ。ここで文助が蚊の鳴くような声で、自分は何もしていないと口にした。しかし、安野屋の者達は、誰も文助に声を掛けない。

（このままじゃ、拙《まず》いな）

若だんなが顔を顰《しか》めていると、鳴家達が袖内《そでうち》へ戻って来た。そして小声で、勝手に話し始める。

「印籠、文助の。でも平太、自分の方が偉いって。梅五郎も文助を、馬鹿《ばか》にした」

若だんなはその言葉を聞き、あれこれ考えをまとめていった。

6

四半時の後。

安野屋の主は、部屋を仕切る襖《ふすま》を取り払った。広くなったそこに、奉公人らが集まり、まだ布団の上にいる主の下座に連なる。

安野屋の横には、若だんなが仁吉、佐助と共に座っている。寝付いていた番頭達も、分厚い綿入れを羽織りつつ、安野屋の斜め向かいに顔を見せていた。番頭達の隣には、三人の新入りの小僧達が呼ばれており、部屋の一方には、主だった奉公人がいた。後ろの方に、栄吉の顔も見える。

「ええと、わざわざ店を早くに閉めて、集まって頂き済みません」

まずは若だんなが、口を開いた。

「安野屋さんも番頭さん達も、大分調子が良いようだ。良かったです」

安野屋も己の口で、胃の腑《ふ》の調子が収まってきたと言い、奉公人らを安心させたので、店の内はぐっと落ち着く事になった。漏れ聞こえてきた皆の話によると、主の薬湯へ妙な物が混ぜられていたという噂は、どうやら早々に、奉公人達の間で広まっていたらしい。

主と番頭達は、長崎屋の面々に頭を下げた。

「仁吉さんの薬湯が効きました。これで仕事へ戻れそうで、ありがたい」

そして次に、若だんなへ目を向けると、さてこれから、どんな話が飛び出すのかとつぶやく。若だんなは頷き、皆を柔らかな眼差しで見た。

「それでですね。後は薬湯が妙になった訳が分かれば、事は収まると思うんですが」

さて、その薬のことだが。

若だんなはここで一旦言葉を切ると、先程台所にこんな代物が降ってきたと言い、印籠を取り出した。

印籠は、薬を持ち歩くのに使う、平たくて長四角な形をした入れ物だ。凝った作りの高価な品もあり、祖父から受け継いだ若だんなのものは、獅子《しし》の絵柄の立派な品で、既にお獅子という名の付喪神《つくもがみ》になっている。

もっとも皆の前に出した印籠は、実用的な品で、濃い茶一色だ。そして、はっきりとした匂いがした。

「おや、その匂い」

覚えがあるようで、安野屋が片眉を上げる。仁吉が若だんなの傍らで頷いた。

「はい、この薬の匂いは、先に安野屋さん方の薬湯に入っていたものと、似てますね」

印籠に入っているからには、生薬であろう。中身が何かは仁吉が調べるよりも、簡単に分かるやり方があると若だんなは言った。

「この印籠は、文助さんの持ち物です」

だから。

「文助さん、印籠の生薬はどんな代物なのか、教えて頂けませんか？」

問われて文助は、寸の間黙り込んだ。すると怖いような声が、部屋の内に満ちた。

「やっぱり文助が、旦那様の薬に、妙なものを入れたのか」

「前にも言いました。入れちゃいません。あたしは知りません」

文助は直ぐ否定したが、その応《こた》えは皆の怒りの声に消され、押しつぶされてゆく。

文助が泣きそうになったその時、若だんなが手をすっと上げ、皆の声を止めた。

「あのですね、文助さんは印籠の持ち主です。ただ」

持ってはいたが、使った訳ではなかろうと、若だんなは言いだしたのだ。

「何故《なぜ》って文助さんの夢は、医者になる事ですから」

そのことは、知っている奉公人達もいたらしく、顔を見合わせている。

「文助さんは今でも、お医者になりたかったとつぶやくほど、医者にあこがれているんですよ」

なのに文助は、一度医者の弟子になる事に失敗してしまった。

そして文助は、菓子屋へ奉公することになったのだ。

「さて安野屋さんなら、そんな時、どうしますか？」

急に問われて、安野屋は戸惑いの表情を浮かべた。若だんなは自分であったら、無理をしてでももう一度、医者の弟子になりたいと、親を説得すると言った。

そして文助はそのために、あの印籠を……つまり印籠の中身を持ってきたのではないかと思ったのだ。

「文助さんは時期を見て、印籠に入れてあった薬を、己で飲む気だったと思うんです」

「自分で？」

安野屋が、目を見開く。

「そうですよね？」

問われて文助は真っ赤な顔となり、安野屋を見た。それから、身を小さくして頷く。

「私は……以前お弟子にして頂いたお医者様から、気に入られませんでした。明るくない。面白くない。話し方が気にくわない。そう言われまして」

親は、職人の方が向いているのではと言い、次の奉公先を決めてしまった。文助が、やはり医者になりたいと言っても、聞いてはもらえなかったのだ。

「それで……無茶を考えました」

薬は、腹が張って仕方がない親の為に、以前お医者がくれたものだという。

「他の者が飲んだら、下痢が続いて寝込む。飲まないようにと言われてました」

若だんなが頷く。

「奉公人は暫《しばら》く寝込んだりすると、家へ戻されます。そうなったら文助さんは、奉公先が合わぬ事を、親へ言ったでしょう」

その時、他の医者で働きたいと話すつもりだったのではないか。一人の医者に気に入られなかったからといって、他の医者でも同じように駄目かどうか、分からない。

そうやって、やり直したいと願ったのだ。

薬は、親が平気な顔で飲んでいたものだ。だから毒ではないと分かっていただろう。

「で、でも、私は他の人に、あの薬を盛ったりしてません。第一そんなことをしたら、大事な薬が……医者になれる望みが、無くなってしまいます」

だから印籠が無くなった時、文助は心底狼狽《うろた》えた。うるさく思われる事を承知で、安野屋へ印籠を探してくれと願ったのだ。

「あの、あんな薬を店に持ち込んで、申し訳ありませんでした」

文助が、深く深く頭を下げる。安野屋と番頭達が、顔を見合わせた。

「文助の事は、承知した。うん、薬の出所は分かった。だが……そいつが何で、私たちの薬に入ったんだ？」

ここで若だんなが、視線をすいと他の小僧へ移す。その先には、平太と梅五郎の二人がいた。

「へっ、何で俺たちを見るんです？」

「だってねえ。同じ頃に入った小僧は三人だ。文助が匂いの強い印籠を持ってる事に、最初に気がつきそうなのは、一番近くで寝ている新米の二人ですよね？」

若だんなの問いに、奉公人達の目は、二人へと集まる。梅五郎が睨《にら》み返してきた。

「わ、私は、文助の印籠なんか知りませんよ。そんなものを後生大事《ごしょう》にしてたなんて、聞いてなかったし」

「あ、それは本当だと思います」

若だんなが頷いた。梅五郎は文助を無視していた。日頃文助をからかっていたのは、平太の方であった。

「とにかく平太さんは、文助さんとよく喋っていた。隣で寝ていたんですから、印籠の事も、知ってましたよね」

それが無くなったら、文助は酷く困るだろう。

「だから意地悪をして、隠したのかな」

平太の顔が、蒼《あお》くなった。

「おいらは……」

平太が一斉に怖い目で見られ、言葉に詰まる。そして……一気に話し出した。

「おいらは、ちょっとふざけただけだ。印籠はその内、見つけたって言って、文助へ返してやる気だったんだ」

結局菓子屋に来たくせに、未だに医者への夢を語る姿に、ちょいとむっときてもいた。

ところが。隠した筈《はず》の印籠が無くなっていたのだ。文助が騒ぎ、平太は……そのまま黙っていた。今、こうして若だんなが語るまで。

「だって、ふざけただけなのに。おれ、文助が、自分で薬を飲む気だったなんて、知らなかったし」

平太が必死に話し出す。

「でもおれ、旦那様の土瓶に、薬を入れたりしてない」

若だんなが、また頷いた。

「今回安野屋さんと番頭さん達の具合が悪くなりました。先程手代さんに確かめたのですが、安野屋さん達の身の回りの事をしたのは、梅五郎さんが多かったとか」

突然主達が仕事を出来なくなり、奉公人の皆はその分を補う為、大変だったのだ。細々した事は、新入りで他の用がまだ出来ない、小僧に回ったらしい。

「文助さんも、番頭さん達の長屋へは行ってます。でも台所の手伝いもしているから、安野屋さんの寝間へは行ってません。平太さんは、主に栄吉と動いていたとか」

つまり番頭と安野屋、両方の土瓶に新たな薬を入れられたのは、梅五郎だけという話になる。

皆の目は、梅五郎へと注がれてゆく。ふくれ面《つら》になった梅五郎は、皆を見返した。

だが……皆が黙ったまま見つづけると、じきに、渋々口を開く。

「だって……おれはその内、店主になるって決まってるんだぞ。なのに他の奴《やつ》とおんなじ扱いだ。小僧って呼ばれるし。店主や番頭だからって、おれにあれこれ面白くもないこと、言いつけるし！」

そんな時、梅五郎はたまたま、気にくわない平太が悪戯したのを見かけた。それで困らせてやれと、平太が隠した文助の印籠を、別の場所へ移したのだ。見つけられないように何回も移した。

そうしている間に、梅五郎は別の件で安野屋や番頭から叱られ、不満を募らせた。ある日、安野屋達の具合が悪くなり、医者が来た。

「ふと、思ったんだ。あの文助の薬を土瓶に足したら、どうなるかなって」

どうせ持薬《じやく》だろうから、大した薬効はなかろうと考えた。でも、妙な品が混じる事によって、薬が上手《うま》く効かず、梅五郎を叱った者達が苦しんだら、すっきりする。梅五郎は大した悪意すらなく、機会があったので、文助の薬を土瓶へ放り込んだのだ。

「なんとまあ。叱ったから、仕返しされたのか。私たちはそのせいで、何日も腹下しの憂《う》き目にあったのか」

安野屋が、深い溜息をついた。

「参ったね。こんな話が湧《わ》いて出てくるとは」

「ふんっ、あんたが偉そうだから、いけないんだ」

梅五郎が言葉を吐き出す。

しかし生意気を言ったその時、いきなりびしりという音がして、梅五郎は頭を抱えた。振り返った先に、見た事もないほど怖い顔をした栄吉がいて、梅五郎をにらみつけていた。栄吉ははっきりと、梅五郎へ言った。

「器用だろうが、親に金があろうが、お前さんは菓子屋になどなれないよ」

梅五郎には、菓子作りを教えて貰って、ありがたいという気持ちがない。一緒に店を支えてゆく者への、感謝もない。この様子では、客に己の菓子を買って貰っても、嬉《うれ》しいとは思わないだろう。そんな者が、菓子作りが上手くなると思えなかった。良い店の主になるとも思えない。

「金で店は買えるかもな。でも、直ぐに潰《つぶ》れるさ。そうやって消えた店が、どれだけあると思ってるんだ！」

栄吉は、若だんなが見た事もない程、真剣な眼差しで言ったのだ。

すると。

「ひ、酷いや。おれが羨《うらや》ましいから、そんなこと言うんだ。ひど……ひどいやぁっ」

奉公人達が驚いた事に、梅五郎はその内、泣き始めてしまった。栄吉の言葉が途切れる。何人かの奉公人が、天井を向いた。

「おい、泣きたいような目に遭わされたのは、こっちだぞ。何でお前さんが泣くんだ？」

安野屋が真剣な顔で聞いたが、何しろ泣いているのは、十三の子であった。きつい言葉が、一旦は収まってゆく。

だが。

江戸では十程にもなれば、多くの子供が奉公に出るのだ。十三ともなれば、泣いても慰めてもらえる歳《とし》ではない。娘であればそろそろ嫁入りの事も考えだし、いずれ自分が母になることを思っても、おかしくない頃であった。

部屋内に、やれやれという小声が聞こえる。ここで若だんなが、安野屋の方を向いた。

「今回の騒動は、こういう話であったということで」

事は終わりを告げ、安野屋は一つ息を吐く。それから、ありがとうございましたと、若だんなへ深く頭を下げた。

奉公人達が、揃《そろ》って肩の力を抜いたのが分かった。

7

それから十日ほど経った後のこと。栄吉が長崎屋へ来て、改めて礼を言った。それから、あの後どういう話に落ち着いたか、安野屋の事を話していった。

安野屋が、事を見抜いてくれた若だんなへ、気を使ってくれたらしい。今日は栄吉が作ったものでなく、安野屋主の逸品が土産であった。

「梅五郎だけど、他の奉公人達が、一緒に働くのは落ち着かないと言いだして」

結局安野屋が、親の橋田屋へ事の次第を話し、別の店へ奉公するという話になった。そこで初めて分かったのだが、梅五郎が十三なのは、前にも一度、店をしくじったからであった。

「今度こそ、頑張るようにって旦那様が言ったんだ。けど、そっぽを向いて聞いてたな」

とにかく梅五郎は、安野屋を去った。

「それから文助だけど。旦那様が、馴染《なじ》みの医者に紹介して、弟子にしてもらったんだ」

あれだけ思い詰めていれば、少々愛想が悪くても、真面目《まじめ》で骨おしみしない医者になるかもしれない。とにかく医者は、腕が良いのが一番と、安野屋の皆は今、話しているという。

「それから、平太の事だけど」

騒動の一端を担《にな》った平太は、何とそのまま安野屋にいるというのだ。

「旦那様に拳固《げんこ》を食らって、一時は泣いてた。でも梅五郎や文助が居なくなったら、無駄話も出来ないし、張り合う相手もいないし」

今は憑《つ》きものが落ちたように、他の小僧と同じように真っ当に働いているという。

「まだ少々……生意気だけど」

「ありゃ」

若だんなと一緒に笑ってから、いつものように砂糖を融通してもらい、栄吉は帰っていった。その時小さな声で、ひとこと言い置いていった。

「いつもありがとう。その、旦那様から話を聞いて、うれしかったよ」

どうやら栄吉は、夕餉の後、菓子作りの時間を貰えたらしい。友はまた毎日、夢を叶《かな》えるため、努力を続けるのだ。

「うん。今度は栄吉のお菓子、楽しみにしてる」

「持ってくるよ」

栄吉の背が母屋《おもや》の陰へ消えると、若だんなの後ろから、待ってましたというような歓声が上がる。妖達は今日も揃って姿を見せ、土産の菓子へ手を伸ばしているのだ。

しかし、仁吉の厳しい声が、皆を止めていた。

「この頂き物は、若だんなが食べるのが先だ！」

きゅんわー、若だんな、こっちと声が呼ぶ。早く一個食べてと言われて、若だんなは苦笑を浮かべつつ、縁側から炬燵《こたつ》へと戻った。

みどりのたま

1

気がつくと、体がゆらゆらと揺れていた。

酷《ひど》く不安な思いに包まれ目を開けてみると、魂消《たまげ》た事に水の中にいた。直《す》ぐ側《そば》に、何本もの杭《くい》があると分かる。それに引っかかり、かろうじて水に浮いていたのだ。

（えっ……どうしたんだ？）

驚いて身を動かしたところ、体が沈んで思い切り水を飲み込む。慌《あわ》てて杭を摑《つか》み水面《みなも》から顔を上げ、水を吐き出した。目の前に、板の連なりが見える。多分桟橋《さんばし》だろうと思い、その板を何とか摑んだ。

（水から出なくては）

必死に己《おのれ》の身を引き上げると、信じられない程重い。足を板に引っかけて何とか這《は》い上がり、尻餅《しりもち》をついて座り込む。途端、目の前に大きな川の流れが広がった。

「お……隅田川《すみだがわ》だ」

一目で川の名が頭に浮かんだのはいいが、今、その川のどの辺りに居るのかは、全く分からない。僅《わず》かな風が吹くと、ずぶ濡《ぬ》れの身が酷く寒く感じられた。とにかく着物を絞ろうとした時、ずきりと頭の片側が痛んだ。

「うっ」

思わず手を当てたところ、べっとりと掌《てのひら》に血が付いたのに驚く。

「こりゃ、川へ落ちた時、怪我《けが》でもしたんだろうか」

急ぎ帰って手当をせねばと立ち上がった。だがその途端、桟橋の上で棒立ちになる。

「それはいいが……どこへ帰りゃいいんだ？」

いやその前に。何よりとんでもない事が分からず、呆然《ぼうぜん》としてしまう。

「その……私は誰だっけ？」

名も、住んでいる場所も思い出せない。己について、見事なまでに何一つ、頭に浮かんで来ないのだ。

「は？　何でだ？　どうして……」

男は川岸の桟橋の上で、立ち尽くしてしまった。

「このままここにいても、どうにもならない。いや、風邪をひくだけだな」

名は思い出せないのに、そういう並な考えは、頭に浮かんでくる。名無し男が、とにかく桟橋から土手へ上がると、目の前に隅田川河岸《がし》の賑《にぎ》わいが見えてきた。近くに、荷を運ぶ人夫《にんぷ》が多くいた。直ぐ先の道を大八車《だいはちぐるま》がゆき、振り売り達も行き来している。名無し男にも、それは馴染《なじ》みのある光景だと思えたが、ではどうしてここに居るのかは、やはり分からない。

だが土手に居続ける訳にもいかず、人の多く居る方へと向かうと、名無し男の濡れた姿へ、さっそく不審げな眼差《まなざ》しが集まった。男はひょいと頭を下げ、まずは愛想笑いを浮かべる。

「済みません、間抜けな事に、川へ落ちて頭に怪我、しちまった。手当をしたいんだが、井戸でも近くにないでしょうか」

明るく落ち着いた調子で言うと、皆の態度が変わる。何人かが気の毒そうに苦笑を浮かべ、名無し男の頭を見てきた。

「おや兄さん、とんだ事だったな。井戸は直ぐ先、ほれ、倉の脇《わき》にあるよ」

頭を下げると、ずきりと痛んだ。とにかく井戸端へ行き着き、懐《ふところ》にあった手ぬぐいをすすいでから、頭を拭《ぬぐ》った。血が出続けているらしく、手拭いが赤く濡れる。

このとき近くにいた男二人が、驚いた顔で染まった手拭いを見つめてきた。

「酷いな、医者、呼ばなくて大丈夫かい？」

「はあ、まあ」

怪我の説明が出来ないので、大事にはしたくない。薬でもないかと濡れた己の身を探ると、用心深かったのか、懐や帯に挟んだものが落ちず、ひっかかっていた。

「おお印籠《いんろう》がある。紙入れも残ってたか」

薬よりも、何か己の事が分かる書き付けでもないかと、先に紙入れを探したが、何も見つからない。仕方なく今度は印籠を開けたところ、中から薬が出てきた。

「助かった。傷の薬もあるじゃないか」

〝長〟という字が書かれた蛤《はまぐり》に、練り薬が入っており、それが傷薬だと一目で分かったのが、却《かえ》って不思議だった。小さな薬袋にも〝長〟の字が書かれていたが、何の事やらとんと思い出せなかった。

「〝長〟……どういう意味だろうか？」

とにかく頭に練り薬を塗りつけると、酷くしみる。だが、疼《うず》くような痛みがぐっと減り、思わずほっと息がこぼれ出た。

「後は乾いた晒《さらし》か手拭いでも、頭に巻きたい所だ」

それを買う金がないかと、紙入れをもう一度見てみる。すると隣にいた二人がのぞき込んできて、男の代わりに声を上げた。

「おんやぁ、兄さん、随分と持ち合わせがあるじゃないか」

人夫達までが寄ってくる。

「聞いたよ。あんた、川へ落ちたんだって？」

「一体、どうしたんだ？」

金を多く持っていたせいか、一斉にあれこれ問うてくるが、答える事など出来ない。重なる問いに、男は顔を顰《しか》めた。

(私は怪我をしている。そして大分金を持っている。おまけに己のことが分からないとなったら、胡散《うさん》臭い目で見られそうだ)

下手をしたら、岡っ引きを呼ばれかねない。だがそうなっても今の男には、何も説明出来ないのだ。

(盗人《ぬすっと》じゃないかと、疑われるかも)

男は困った表情を浮かべると、こちらから問うことで皆の言葉を止めた。

「あの、こうもずぶ濡れじゃ、風邪を拾いそうだ。この辺りに古着屋がないか、誰か知りませんか？」

着物が無理なら、せめて端布《はぎれ》売りを見つけ、頭の傷に布を巻きたいと言ってみる。すると、井戸端での会話が男の事から、一斉に古着屋の話へと変わった。

「端布売りは、この辺じゃ見ないなぁ」

「古着屋もここいらにゃ無いだろ。前の通りを右手に歩いて、瀬戸物屋がある所まで行きゃ、その先に小さな古着屋があるよ」

「あそこは高いぞ。瀬戸物屋脇の道をもう二本奥へ行って、その先の八百屋の脇を、右へ折れた先の店なら、ぐっと安いんだが」

「怪我してるのに、道に迷っちまわねえかね」

するとと、だ。古着屋はどちらの方かと、通りへ目を向けた名無し男の目に、妙なものが見えたのだ。表通りの屋根の上に、小鬼が何匹もいて、男を見ているような気がした。

(今の、何なんだ？　怪我をして、どうかなっちまったのか？)

一寸《いっすん》恐怖に包まれ、名無し男は皆へ礼を言うと、古着屋へ行くと言い急ぎその場を離れた。

(寒いから早く着替えたい。それに……)

今は他に、どこへ行けばいいのかも分からなかった。歩きつつ顔を顰め、一体己はどうして隅田川に浮かんでいたのだろうかと、考えだす。何故《なぜ》、いつ怪我をしたのだろう。きれいさっぱり己の事を忘れたのは、やはり怪我のせいであろうか。今まで毎日、どこでどうやって暮らしていたのか。

誰か……今、己の事を心配してくれている者は、いるのか。

だが頭が痛むばかりで、何も思いつかない。段々くしゃみが出てくるようになり、両の手をしっかり組んでいると、道の先に、高いと言われた方の古着屋を見つける。男が濡れたなりで土間から店の中へと入ると、何故だかきゅいきゅいと、古着屋の天井が軋《きし》んで鳴った。

とにかく乾いた着物に着替え、怪我をした頭に手拭いを巻くと、人並みな見てくれとなり、ほっと息をつく。着ていた着物は良い品とかで、男は交換という形で、一通り着るものを手に入れる事ができた。

(だけど濡れた着物にゃ、手がかりは何もなかったな。紋一つ付いてなかったし)

店から出て空を見上げても、己の名も、どこに住んでいたのかも、やっぱり思い浮かんではくれないままだ。

「やれ、これからどうするかな。〝長〟の付く店でも、探してみたらいいんだろうか」

小さな通りで、そうつぶやいた時であった。「あっ」僅かな声と共に、男はかっと目を見開く。盗《と》られたと分かったのが不思議な程の手際《てぎわ》で、ぶつかってきた者に、懐から紙入れを抜き取られたのだ。

「何をするっ。返せっ」

咄嗟《とっさ》に追いかけた。紙入れや印籠は、今男が持っている手がかりの全《すべ》てなのだ。掏摸《すり》に追いつき、紙入れへ手を伸ばす。だが。

「受け取れっ」

三十路と見える掏摸は、紙入れを前方で待っていた仲間へ投げたのだ。それから笑い、ちらりと名無し男の頭を見たから、どうやら怪我をしている事を承知しているらしい。そういえば、井戸端にいた男のような気がした。

(このままでは、逃げられる)

そう思った時、考えるより先に体が動いた。名無し男は走って掏摸を抜き去り、その時、思い切り相手の足を蹴《け》り上げ、地面に倒したのだ。

「ぎゃっ」

それから、うずくまった掏摸など構いもせず、今度は前に居た掏摸の片棒へ、一気に追いついてゆく。

「ひええっ」

少し年上に見える仲間は慌てて走り出したものの、声を上げた時には、名無し男に地面へ引き倒されていた。

「てめえ、怪我はどうしたんだっ」

押さえつけた掏摸に聞かれたので、律儀《りちぎ》に考えてみる。もう頭に痛みはない。つまり、先程塗った薬が効いたのだろう。

「うちの薬は、そこいらの医者のものより、ようく効くのさ。三日の間だけじゃなく、ね」

掏摸へそう言ってから、名無し男は首を傾《かし》げる事になった。

「うちの……？　三日って、何だ？」

「知らねえよ、そんなこと」

言った当人が悩み始めた間に、掏摸が逃げ出しそうになったので、片足で臑《すね》を蹴飛ばし、こちらも一撃で倒す。掏摸からは無事、金子《きんす》の入った紙入れを取り戻せたが、己の事はやっぱり思い出せなかった。

いや気がつけば、更に妙な疑問が増えていた。

(私は一人で、一気に二人の男を倒せる程強い。怪我をしてても、強い)

そして思い出したのは、〝うちの薬〟と、〝三日〟という言葉であった。名無し男は益々、眉《ひそ》を顰《まゆ》める事になっていた。

2

足を痛めた掏摸二人は、名無し男の側に引き据えられ、揃《そろ》って震え上がっていた。面倒を避けるように、振り売りなどが三人から離れて道を通ってゆく。

だが紙入れの中身を確かめた名無し男は、息を一つ吐くと、掏摸二人へもう行けと言ったのだ。掏摸達は皿のように目を見開き、走って逃げる代わりに、許された訳を知りたがった。

名無し男は、鬱陶《うっとう》しそうに言う。

「あのなぁ、拙《まず》い事に私の手持ちが十両を越えてたのさ。このまま岡っ引きへ引き渡したら、お前さん達の首が飛ぶかもしれん」

「ひえっ」

俗に、十両盗めば首が飛ぶと言われているのだ。今は己の事に手一杯ゆえ、そんな騒ぎに巻き込まれるのはご免であった。

「だから早く行け。消えろ」

するると掏摸達は、男が暇だったら獄門《ごくもん》行きだったのかと、何故だか口を尖《とが》らせる。その上、どうやら名無し男は怖くはなさそうと踏んだのか、文句まで言ってきたのだ。

「兄さん、お前様に蹴飛ばされたんで、足が痛んで上手《うま》く歩けねえ。さっき井戸端で使ってた薬でも、塗っておくんなさいよう」

呆《あき》れたことに、掏摸達は甘えた事を言った。それでなくとも今日は、昼前、舟で行った仕事が上手くいかず、元締めの機嫌が悪いのだそうだ。

「怪我して暫《しばら》く使い物にならねえ、なんて分かったら、おれたち殴られちまうんだ」

「は？　紙入れを掏《す》った相手に、手当をさせる気か？　世の中には図太い奴《やつ》がいるもんだ」

「何でも、図太く生きたもんの勝ちだわさ」

名無し男は寸《すん》の間《ま》、拳《こぶし》を突き出そうか迷った後、印籠へ目を向けてから一つ頷《うなず》いた。

「分かった、薬は塗ってやろう。ただし、だ」

掏摸を働いた野郎など、負ぶうのは嫌だから、先ほど表の道で見かけた小さな茶屋まで、己の足で歩くこと。そして練り薬と引き替えに、掏摸達へ、一つ頼み事をしたいと言ったのだ。

「はて、何かね？」

掏摸達は本当に足が痛いようで、ちょいと引きずりつつ、道々男へ子細を聞いてくる。名無し男は、もし自分のような風体《ふうてい》の男を探している者と行き合ったら、知らせて欲しいと口にした。

「先に私が使った井戸の所にいた人夫達へ、話を伝えておいてくれ。あそこへは、時々行くようにするから」

「ああ、それくらいの事なら構いませんぜ。お前様、誰かと会いたいのかね」

話している間に、三人は道端の小さな茶屋へ行き着いた。名無し男は床机《しょうぎ》に座って茶を頼んだ後、蛤に入った薬を掏摸達の足へすり込んでみる。

すると。直ぐに「おお」と声が上がり、二人は痛みが引いたと言いだしたのだ。

「こいつは、聞いた事も無い程効く薬だねえ。お前様、もしかして腕の良いお医者か？　だから、結構な金子を持っておいでだったのかね」

何しろ地位と金子があっても、病に罹《かか》れば、あっという間にあの世行きという世の中なのだ。医者は、あの世と隔ててくれる最後の頼りであり、腕が良ければ一財産作れる。

「こんな凄《すご》い薬がありゃ、大儲《おおもう》けだわな。いや、羨《うらや》ましい話だ」

「私が、医者？」

言われても男には、とんとそんな気などしなかった。だが医者と聞いた途端、店で茶や団子を食べていた客達が、揃って手を止め、名無し男を見つめてくる。茶店の主《あるじ》など団子をおっぽり出し、名無し男の顔をのぞき込んできた。

「お前様、お医者なのか。ならば丁度いい。診て貰《もら》いたい人がいるんだが」

客の知り合いの知り合いに、一人暮らしの爺《じい》さんがいる。これが酷く老いている上に具合が悪い。おまけに年のせいか、言う事が年々おかしくなってきているのだそうだ。それで皆、心配していると店主は語った。

ただ。

「でもなぁ、わざわざ爺さんの為にお医者を呼ぶ金など、長屋暮らしの俺達にゃ、ねえんだよ」

茶代は要らないし、団子も添えるから、ちょっとでいい、その爺さんを診て欲しいと、茶屋の主は言葉を重ねる。

「い、いや。私は医者という訳では……」

急ぎ断わったが、その頼みに要らぬ返事をしたのは、掏摸の二人であった。

「ああ、病の爺さんがいるなら、今ここへ、連れてきちまえばいいわさ。このお医者、人がいいっていうか間抜けというか、無理を言えば、まあ何とかなるから」

「何が、何とかなる、だっ」

いい加減頭にきて、掏摸二人にごつんと拳固《げんこ》を食らわすと、いい年をした男達が、直ぐに泣き顔になり鬱陶しい。

「泣くなっ」

思わず言葉が尖った。

「若だんななら歯を食いしばっても、涙など見せまいとするのに」

「は？　若だんなって誰だ？」

問われて名無し男は、寸の間黙ってしまった。それから腕を組み、また考え込む。

「若だんな……何かこの言葉、引っかかるぞ。若だんなとな……」

己と関係があるのだろうか。思い出した三日という言葉と、どう繋《つな》がるのだろうか。じっと考え込んでいると、言葉の向こうから、誰かが呼んでいるような気持ちになってくる。何故だかその声に、きゅいだとか、きゅわだとか、妙な鳴き声まで重なる気がした。

「はて、きゅんいーとは……」

名無し男はここで、首すら傾げず、ひたすら気を一っ所へ寄せた。声一つ出したら、途端に考えが霧の向こうへ、消えてしまいそうな気がしたからだ。

「あ……何か……」

浮かんでくる。それが摑めそうな気がして、総身《そうみ》に震えが走った。

「若だんな……」

ところが。

その時、目の前が真っ白になって、全てが吹っ飛んだ。店の主がさっそく知らせをやったようで、道端に大声が響いたのだ。

「来たよ、古松爺《ふるまつ》さんを連れてきた。なあ、ちょいと診ておくれよ」

大声で声を掛けてきたのは、かなり逞《たくま》しいおなごで、どうやらそのおなごが、店主の知り合いのようであった。

「ああっ……みんな消えてしまった」

思わず情けの無い声が、名無し男の口から漏れ出る。目を向けると大きなおなごの後ろに、細くて皺《しわ》だらけで干物のような老人が、隠れるようにして付いてきていた。

「なんてこった。何も今、騒がなくてもいいじゃないか」

深い溜息《ためいき》がこぼれて、爺さんの顔を見る気にもなれない。すると大女が仁王立ちをして、文句を垂れてきた。

「ちょいとお医者さん、どっちを向いてるのさ。病人は明後日《あさって》の方にゃいないよっ」

名無し男は思わず、茶屋から逃げ出したい気持ちに駆られる。

だがその時、干物の親戚《しんせき》古松老人が、ひょいと名無し男の顔を見つめると、首を傾げた。そしてゆっくり床机の端に腰掛けてから、魂消るような事を口にしたのだ。

「おんや、こいつは吃驚《びっくり》したよ。こんな所で、白沢《はくたく》さんと出会うとは」

何とも、もの凄く久しぶりだと、老人はそう言い出した。

「おや古松さん、このお医者と知り合いかい」

なんだ、そいつは良かったと、店主がほっとした声で言う。名無し男は、己の名を告げる老人を見て、寸の間狼狽《うろた》えてしまった。

「は……白沢？」

その名を嚙《か》みしめ、首を傾げ、もう一度繰り返してみる。

「白沢……？　私はそういう名なのか？　そうかも……でも違うような」

だが聞いた事がある気も、しないではない。思い切り戸惑う男に、頭を搔《か》いた老人は、己の事は覚えていないかもと言って苦笑した。

「何しろあたしと白沢さんが会ったのは、そりゃ昔だからねえ。あたしがまだ、赤茶色で若々しい狐《きつね》だった頃、神のお庭で一度会ったのさ」

「おや古松さん、今日も、神のお庭の話をするのかい」

茶屋の周りに居た何人かは、古松の不思議な語りを聞いても驚きもせず、うんうんと優しく頷いている。古松が、己の尻尾《しっぽ》は見事にふさりとしていたと付け加えると、笑みを浮かべる。皆、古松の奇妙な語りには、慣れている様子であった。

「白沢先生、古松さんは妖《あやかし》なんだそうだ。妖狐《ようこ》なんだとか」

左官だという男が言えば、大根と葱《ねぎ》、青菜を担《かつ》いでいる振り売りが、深く頷く。

「古松爺さんは昔、歳《とし》を取らず病にもならないでいられる、神の庭にいたんだよな。でも若気《わかげ》の至り、賑やかなお江戸に惹《ひ》かれて、爺さんはその羨ましい土地を出ちまった」

神様がおわすその地には、美しい銀狐《ぎんぎつね》までいたというのに、無謀な話であった。それでもまあ、古松はお江戸を楽しんだのだが、人の世で歳をとって病んでしまい、妖であるのに、もうその庭へ帰る力が残っていないのだ。

白沢の横で、寺子屋の師匠だという男が、茶を片手に笑った。

「どうだい、白沢先生。上手く出来ている話だろう。古松さんの話は奇妙じゃあるが、きちんと筋は通っているんだ」

尤《もっと》も、きちんとし過ぎていて、古松が病に罹っている事まで本当であった。

「最近心の臓が、締め付けられるように痛むんだとか。段々苦しさが増してるんだそうな」

「それはお気の毒な」

白沢先生と呼ばれた男はすっと、眉をひそめる。そこまで何度も心の臓が痛むとすると、並の養生をしても、もう治せないかもしれぬという考えが頭をかすめた。途端、驚きが心に浮かぶ。

(おや、私は事実医者なのかな。つまりは爺さんの言う事が正しくて、本当に白沢という名前なのだろうか)

考えてみると、それこそが答えという気もしてくる。つまり己の名が分かったのだ。そう思うと、急にほっとした。

(白沢、か。うん、間違いない気がする)

しかし古松老人の昔語りは、物語のような不思議なものであった。おまけに白沢である己が、今、江戸のどこで暮らしているのかは、老人も知らないという。ここで古松は、白沢と向き合ってきた。

「あのな白沢さん。あたしはただの妖狐だ」

それが勝手に庭から出たのだから、戻れなくなっても仕方がない。古松も最近は、覚悟を決めているのだ。しかし。

「あたしにゃ、妖狐の仲間がいる。そいつらが、この身を心配してね。もう百年ばかり、病を治す薬を探し回ってるんだよ」

妖を治すには、並の薬では無理だ。天狗《てんぐ》の丸薬か河童《かっぱ》の秘薬がいいと聞いたが、随分探し続けても見つからないままなのだ。

「仲間達へ、もう薬探しはいいと伝えたんだが、皆、庭へ帰らないんだ。白沢さん、神の庭におわす荼枳尼天《だきにてん》様に会い、お願いしてくれ。妖狐らに江戸から帰るよう、お言葉を掛けて欲しいと」

そうすれば江戸へ来ている仲間も、戻る筈《はず》なのだと、老人は話を結んだ。茶屋に居た客達が、苦笑を浮かべている。

「これは、並の御仁《ごじん》には頼めない事なんだよ。何しろ、神のお庭に行かなきゃいけないからね」

だが昔なじみの白沢なら、あのお庭へ行ける。以前にいた場所だ。行き方は分かっている筈であった。

しかし。

昨日まで住んでいた家への帰り方すら分からない白沢に、神の庭への行き方など、分かる筈も無い。きっぱり首を横に振ると、古松は驚きの表情を浮かべた。

「なんだい、面倒なのかい？　へ？　何と、神の庭への行き方が分からないって？随分前に行ったきりで、忘れちまったのか？」

茶屋の客達は、古松の物語に入り込めない白沢へ、気の毒そうな視線を送る。古松は溜息を漏らし、仕方のない話だと言いだした。

「神のお庭は、簡単に行き来できる場所じゃないからね。あたしだってそれで、この歳になるまで帰らずにいたんだ」

古松程度の妖力では、一回帰ってしまえば、もう出る事は出来ないかもしれない。そう考え帰郷をためらっている間に、古松は戻る機会を失ってしまったのだ。

「でも白沢さん、お前様は、あそこへ帰りたいんじゃないのかい？　銀狐様と、大層仲が良いように見えたけどね」

「おお、白沢先生にゃ、故郷にお相手がいたんですか」

こりゃ新しい話が聞けたと、周りから興味津々《しんしん》、声があがる。白沢は、茶屋の床机の上で目を見開いていた。

（私が戻りたい所とは、その庭だったのか？）

江戸にはない不思議な場所で、一旦《いったん》行ってしまったら、簡単には出られない所らしい。

(遠いようだ。もしや、上方か。長崎か)

大層遠方ゆえ、直ぐには思い出せなかったのだろうか。

(まさか本当に、神の庭じゃあるまい。そうだとしたら、私も古松さんが自称しているみたいな、妖じゃなきゃ無理だもんな)

さすがに、苦笑が浮かんでくる。まさかと笑い飛ばしたくなり、古松の手前、声には出さずにおく。しかし。

(とにかく私は帰りたい。今までいた所へ、帰るべき所に帰りたい)

それが古松の言う神の庭であるなら、大変でも向かわなければならない。白沢は寸の間、妖狐だと言い張る老爺《ろうや》の顔を見つめていた。

3

神の庭について聞いた後、白沢は一応、心の臓を病んだ時、心得ねばならないことを古松へ伝えた。

「とにかく体をいたわっておくれ。疲れるような事をしないこと。温かい着物を着て、それから、のんびり暮らすことだ」

　何しろ心の臓を元から治す薬など、白沢も聞いた事がない。そう付け加えると、茶屋の皆は目を見合わせ、少しがっかりとした顔で頷いた。大きく首を傾げたのは、掏摸の二人組だ。

「おや白沢先生。痛みを一気に取る薬は作れるのに、心の臓の薬は作れないっていうのかい？　妙な話だね」

「それが真実だから、しようがない」

「なあ、やたらと、どこかの庭の話をするね。白沢先生と爺さん、昔なじみの二人して、何か隠しているんじゃないのかい？」

　上方くらい遠いどこかの村には、とんでもなく良く効く、薬草が生えているのではないか。ひょっとしたらその地には、病の治る水が、湧《わ》き出ているのかもしれない。

掏摸二人は真剣な顔で、妙な事を言いだした。

　白沢が、溜息をつく。

「勝手な話を、こしらえてるんじゃない。古松さんといい、皆、話を上手く作れるんだな。困ったもんだ」

「あの、誤魔化しているんじゃないよな？」

掏摸達は妙な表情を浮かべ、口を尖らせる。だが白沢が大概にしろと言うと、揃って床机から立ち上がった。

「先生、足を治してくれて、ありがとうよ。先生を探してる人を見つけたら、伝えに来てやるよ。先生は三日にこだわってたから、その間くらいは、覚えとく」

少し偉そうにそう言い置き、二人は驚く程すたすたと店から歩み去っていった。勿《もち》論《ろん》、茶代など一文も出さなかった。

白沢はその背に苦笑を向けた後、茶屋の店主へ頭を下げる。

「済まんな、古松さんに渡せる薬は無いようだ。とんと役立たずで悪かったね」

それで茶店を出る前に、白沢は店主へ茶代を幾ばくか渡そうとする。だが律儀な店主は却って、団子を何本か持たせてくれた。

「知った顔に会えて、爺さん、喜んでいるからさ」

そして店から出ると、一緒に道へ出た古松が、白沢を誘った。

「白沢さん、今日はうちに泊まらないか。そして明日になったら、あたしと一緒に、神の庭へ続く道の、手前まで行っておくれな」

庭への行き方が分かったら、後は白沢だけが先へ行けばよい。そうすれば古松は神へ言葉を伝えられるし、白沢も銀狐に会える。

「久々に帰る事が出来るんだ。あんたも嬉《うれ》しかろう」

だが白沢は何か不安を覚え、古松へ問うた。

「でも、一旦その地へ行ってしまったら、簡単には出られないんだよな？」

もしやそこは、古松が飛び出てきた故郷であって、しかも遠いのかもしれない。古松は病身で、もう長旅は無理だ。それで代わりに事情を話してくれる誰かを、探しているのではないか。白沢はふとそう思った。

すると古松の方は、生真面目《きまじめ》に妖がいる庭の話を繰り返す。

「その庭には妖の親玉である、入道様《にゅうどう》も時々お見えになる。あの方は、江戸の地への出入りも多いと聞いたが……あたしでは無理だ」

「そうか」

長旅に出たら、多分己でも簡単には戻って来られないだろう。となると、妙に躊躇《ためら》いが湧いて出た。

「おや、他に居たい場所でもあるのかい？」

古松が困ったように問うてきて、白沢は返答に詰まる。

もし古松に誘われなかったら、茶屋からどちらへ向かったらいいかすら、分からなかった。今日の寝場所すら、どうしたら良いのか、見当がつかなかったのだ。

(当てなどないじゃないか)

古松の言う神の庭へ向かわないとしたら、明日、何をするというのだろうか。

「とにかく、そのありがたい場所へ行ってみるしかないか」

白沢は歩みつつ、ゆっくりとつぶやいた。

頭が半分おかしいように言われている古松だが、長屋での暮らしぶりは至ってまともに思えた。

長屋へ入るとまず土間で、そこに竈《かまど》と水瓶《みずがめ》が据えられていて、ちゃんと手入れがされている。四畳半の畳の間には、枕屏風《まくらびょうぶ》や小さな火鉢《ひばち》もあって、五徳《ごとく》の上に薬缶《やかん》が置かれていた。

部屋へあがり、その小さな火鉢の前で向き合うと、古松はどこからか湯飲みを探し出してきて、茶を淹《い》れてくれる。

「今晩は、男二人で雑魚寝《ざこね》だな。夜着《よぎ》は一枚しかないが、この狭さだ。くっついて寝れば、大して寒くもなかろうよ」

「いや、寝場所を見つけられて、大助かりだ」

白沢は一つ頭を下げ、茶屋で貰った団子で、古松と夕餉《ゆうげ》を済ませる事にした。古松はいつも、外の屋台などで軽くつまめるようなものを買って、食事を終わらせているらしい。だが白沢はそれを聞いて、団子を皿に並べつつ渋い表情を作った。

「食べるものを適当にしていると、体を損ねるよ」

面倒くさかろうが毎日飯を炊《た》いて、具を多く入れた味噌汁《みそしる》くらいは、飲んだ方がいいのだ。

「うちの若だんななぞ体が弱いから、きちんと朝昼晩食べるよう、私がいつも横に付いているんだ」

「うん？　若だんなって誰だい？」

古松が問い、喋《しゃべ》った白沢自身が首を傾げる事になった。

「何だい、白沢さん。自分で話した事が、分からないのかい？」

今度は古松が、首を傾げる。

狭い長屋の部屋で向き合っているのに、黙っている事も出来ない。白沢は一つ溜息をつくと、古松へ、今日より前のことは覚えていないのだと正直に語った。昼間、隅田川に浮いていた事を話すと、古松が目を見張る。

「おんやぁ。何だか時々、言う事が変だなって思っちゃいたけどさ。そういう事だったのかい」

己は妖狐だと言い、皆から妙だと言われている古松に、そう言われては笑うしか無い。

「名も住まいも、とにかく全部思い出せないんだよ。怪我のせいだろうか」

名は白沢だとしても、今の暮らしまで、古松は知らない。だから名だけでも分かり、助かったと言うと、古松が明るい表情を見せた。

「なぁに神の庭へ行けば、病など消えて無くなるさ。古馴染みもいるだろうし、ちゃんと色々思い出せるって」

「そ、そうか」

そりゃ便利な所だなと、白沢は笑った。〝若だんな〟という言葉が酷く気にはなったものの、病が治るのならば、神の庭なる所へ行くのもいいかと思えてきたのだ。

古松は団子を一本手に取り、またまた妖としての話を始める。神の庭への道は稲荷《いなり》神社の中にあるのだと、真剣に語り出した。

「だからさ、妖狐達は稲荷神社の周りをうろうろしてるし、神社を守ってもいるのさ。己達の大事な場所へ、行き来する所だからね」

「へえ、そうだったのか。うん、まともな話になってるなぁ」

「だがまあ、全ての小さな稲荷までが、庭へ繋がっている訳じゃない」

今二人がいる長屋は、隅田川を吾妻橋《あづまばし》から浅草御蔵《あさくさおくら》のほうへ大分下った辺りの、西岸にあるのだそうだ。土手から真っ直ぐ、西に向かって少し歩いた辺りだと、古松は教えてくれた。それで白沢にもやっと、己がお江戸でどの辺りに居るのかが、分かるようになった。

「そしてな、割と近い所に、蔵前《くらまえ》の八幡様《はちまん》があるんだ」

古松によると、八幡の隣には稲荷神社もあるという。

「そこに、庭への道が通ってる。たぶん、一番近い道だと思うんだ。あたしが若いとき使ったのも、その神社の道だ。今ある神社じゃないけれどな」

隣の八幡共々、稲荷神社は一度、綺麗《きれい》さっぱり焼けたらしい。

「それで一時、帰れなくなって、江戸に落ち着いたんだ。そうしたら長くなって……このざまさ」

白沢は頷くと団子を食いつつ、ちらりとその表情を見た。笑っているような、何かを諦《あきら》めたような、不思議な顔がそこにあった。

(つまりその神社に、行って欲しい先の地図でも、置いてあるんだろうか)

そしてその地は、本当に白沢の故郷かもしれない。

「ならば明日、八幡様の隣の神社へ行ってみよう」

長の旅に出なくてはならなくなったら、その時のことであった。古松の顔が輝く。

二人で団子を食い茶を飲む間に、古松は若い頃の話をあれこれ語った。長い間に見てきたという、両国橋の見世物の事。着物の流行が変わっていった話。歌舞伎《かぶき》の役者で、誰が贔屓《ひいき》であったか、などなどだ。

例によって、恐ろしく昔の事を承知しているかのように、古松は細かく話を作っていた。そして不可思議な事に、古い話をされても、白沢にもその当時の事情がちゃんと分かって、面白く聞いていられたのだ。

(はて、何でだろうか)

とにかく、古松は心の臓の痛みに苦しんだりせず、話を楽しんでいた。こういう風に昔からの顔見知りと毎日話して、最期《さいご》の時を迎えたいのだろうかと思えてきた。

(やれ、人の事は分かる気がするのに。自分の事は……)

思わず天井を見あげて、溜息をつく。すると、長屋は粗末な作りであるからか、きゅいきゅいと屋根が軋んだ。

明かり用の油の、買い置きが少ないと古松が言うので、暮れてくると、二人は薄っぺらい布団《ふとん》を敷き、早々に寝る事にした。

4

夜中、白沢は古松を小脇《こわき》に抱えるようにして、暗い道を駆けていた。

もうとっくに夜四つを過ぎているだろうから、町と町を隔てる木戸《きど》はどこも閉まっている。だが古松は、木戸が無かったり、壊れているような細い路地をよく知っており、白沢は夜の中を、足音もほとんど立てずに走っていたのだ。

そして後ろからは、剣呑《けんのん》な気配がずっと付いてくる。二人が寝ていた長屋へ、先刻、思いがけない姿が現れていた。


真っ暗な中で、白沢は不意に目を覚ました。

それは慣れぬ長屋で寝ていて、家が随分と、きゅいきゅい軋んだからかもしれないし、思いがけなく、声が間近で聞こえた故《ゆえ》かもしれなかった。

（あ……）

目の前は一面の闇《やみ》に包まれている。だが驚いた事に、明かりも無い長屋の中で、白沢には部屋内が見えたのだ。

（な、何でだ？）

声もなく目を見張ったその時、すぐ横にいる古松も起き出し、土間の方を向き顔を強張《こわば》らせている事が分かった。白沢も土間へ目を向けると、何と戸口の心張り棒が外れていて、長屋の戸が少しずつ開いていった。

その内、人が入れる程開くと、怪しき者が二人ばかり姿を現す。どちらもほとんど夜目が利《き》かないのか、寝ている古松や白沢の方へ、本当にゆっくりと近寄ってきた。

（おや、こいつらは見た事があるぞ）

誰かと思えば、昼間出会った二人組の掏摸《すり》達であった。

（掏摸が夜中、泥棒に化けたのか？）

茶代も払わず帰った奴らではあったが、ちょいと間抜けな感じは、心底悪い面々とは見えなかったのにと、却って驚く。

だが白沢は、直ぐに顔を顰《しか》めた。

（でも病人の住む長屋へ、勝手に入り込んできたんだ。嫌だねえ）

もしかしたら、白沢の持つ紙入れの金に未練があって、茶屋から跡をつけ、古松の長屋を突き止めたのだろうか。

その時、直《す》ぐ横の布団の中から、古松の泣きそうな小声が聞こえてきた。

(何で今日、盗人が来るんだ。もう少しで白沢さんに、お庭へ行ってもらえたのに)

これでもう、お庭におられる神への願いは届けて貰えぬかもと、古松の消えそうな声が続く。白沢は小さく息を吐くと、更に寄ってきた掏摸達と古松の両方へ目を向けた。

(このまま寝ている訳にも、いかないわな)

掏摸達が何の用もないのに、入り込んで来た筈がなく、その内騒ぎになることは必定であった。下手をしたらどすでも出して、斬《き》りかかってこないとも限らない。

白沢はここで腹を決めると、古松の腕を握り、一気に立ち上がった。家がいつにも増して、軋む。

「爺さん、行くぞ」

「ひ、ひえっ」

声を上げて驚いたのは、掏摸二人だ。白沢はまた掏摸を蹴っ飛ばし、表へと駆け出したのだ。

「わあっ、爺さん達、どこへ行くんだ」

「やれやれ、どうして答えると思うんだ?」

そうつぶやきつつ、脇に抱えた古松へ、どっちへ行ったら良いのかを問う。

「どっちって……？」

「夜中だが、神社であれば入れるだろう。今から行っちゃどうかな」

「あ……白沢さん、稲荷神社へ行ってくれるんですね」

途端、古松の声に張りが戻った。古松は抱えられながら、木戸を避け、通れる道を細かく示し始めたのだ。

「そこの湯屋脇の、細い道へ入って。井戸へ出たら、構わないからどぶ板の上を通って、右手の長屋を抜けて下さいな。その先の木戸は壊れてるから、通れるよ」

路地をゆく。長屋を通り抜ける。家の裏庭を通る。すると後ろから、足音が二つ追ってきた。白沢達は通れる道を選びつつゆき、追っ手はその跡をなぞってくるだけなので、どうしても間があかなかった。

(さて、どうしたらいいのか)

その時であった。

ここは通れる筈と古松が覚えていた木戸が、修理されて閉まっていたのだ。つまり道は行き止まりになっており、後ろには追っ手が来ていて戻れない。

「ど、どうしよう。追いつかれちまうよ」

古松のしわがれた声がする。足音は益々近くなってくる。この時であった。白沢は、星明かりの下、目を見張った。

信じられない事に、木戸の横手、木の棒で作られた柵《さく》に、何と小鬼が乗っていたのだ。何匹もおり、白沢の顔を見ると、小さな手でぽんぽんと柵の上を叩《たた》き始める。

(まるで、ここ、ここと、場所を示しているみたいだ)

後ろからの足音が近づいてくるので、気が焦《あせ》っていた。だからか白沢は、己《おのれ》でも考えていなかった、思わぬことをしたのだ。

手を伸ばし、今、小鬼が示していた辺りへ掌を掛ける。それから木戸を乗り越えられないか、力を込めてみた。

(無茶だ)

その筈であった。白沢は一人ではなく、古松まで抱えていたのだ。

だが気がついた時には腕一本で、己と古松を軽々と、柵の上へ引き上げていた。ふわりと身が持ち上がり、簡単に木戸を越える事ができたのだ。降りた先は、井戸や小さな稲荷のある、長屋脇の一角になっていた。

「おんやぁ。さすが白沢さん。凄いもんだねえ」

木戸の向こうへ降りると、小脇に抱えられた古松が、明るい声を上げる。飛び越えた感じが、それは凄かったと言った。

「もう一度飛んでもいいよ。楽しかった」

「そ、そうか？」

振り向いたが、柵の上にいた小鬼達の姿は、消えていた。じきに掏摸の二人組が追いついてきたが、白沢達との間に木戸が立ちはだかっているのを見て、情けない声を出す。

「わあっ、お前さん達、どうやってそこを通ったんだ！」

「い、行かないでくれ」

二人はおよそ、襲ってきた方とは思えない事を言い出す。そして木戸の柵に両の手で摑《つか》まると、隔てられた白沢達へ、隙間《すきま》から泣き言を言い出した。

「今日はろくに稼ぎが無かったんで、帰ったら、掏摸の元締めから殴られた。で、話を逸《そ》らそうと、とんでもなく効いた薬の話をしたんだ。そうしたら」

金より何より、その薬を手に入れてくれれば良かったのにと言われたのだ。白沢は十両以上持っていたと白状し、一旦拳固を食らった後であったから、二人の掏摸は驚いた。

「なんでも、ある特別な薬を探してる奴がいるとかで。見つけたら元締めにゃ、大枚《たいまい》が入るんだと。だから目の色を変えちまって」

とにかく、貝に入っているいる残りでいいから、まずは薬を見たい。手に入れてこいと、二人は夜であるにも拘《かか》らず外へ出されたのだ。

「なあ、なあ、兄さん。あの薬の残りをくれよ」

そうでないと二人は、元締めからまた殴られてしまうのだ。それでは可哀想《かわいそう》だろうと、自分から言ってくる。

「さもなきゃ、〝長〟と書かれてたあの薬、どこで売ってるのか教えてくれ」

「忘れたよ。本当の事だ」

「ひでえや。助けてくれよぅ」

わめく掏摸達を置き去りに、白沢が構わず先へ行こうとする。するとその背へ、二人はとんでもない事を言ってきたのだ。

「わあっ、置いて行かないでくれ。このままじゃ困るよう」

「兄さん、なら、なら、おれたちも連れてってくれ。なあ、昼間茶屋で話してた、神の庭へ行くつもりなんだろう？」

このまま何も持たずに帰って、元締めから毎日殴られるくらいなら、どこか別の場所へ行った方がいいと、二人は言いだした。

「どうせなら行き先は、医者先生が今から行く場所がいい。本当に歳を取らず、病にもならない町があるとは思わねえが、そりゃ良さげな所みたいだ」

綺麗な人までいると言うし、ついて行かせてくれと繰り返す。その二人へ溜息を返したのは、白沢ではなく古松であった。

「なんとまあ、この人達は掏摸なのかい。だからかね、己に都合のいい所しか、人の話を聞いちゃいなかったようだ」

神の庭へ誰でも行けるのなら、古松が真っ先に帰っているのだ。それが出来ないから、この江戸で死のうとしている。

「庭には、行けやしないんだよ。あんた達も、このあたしも」

「じゃあ、じゃあ、どうしたらいいんだ。このまま毎日、元締めに殴られてろって言うのか？」

今日出会ったばかりの白沢達へ、掏摸二人は、必死に言いつのってくる。いい加減にしろと言いかけて、白沢は不意に、〝若だんな〟であれば優しく答えるなと思い、声を詰まらせてしまった。

(また……〝若だんな〟だ)

段々、その言葉を思い出す事が増えている。すると何も分からぬまま、先へ進んでよいものか、迷いが湧いてきた。白沢は唇を噛んでから、少しばかり考えを巡らせた。

それから木戸の柵に取り付いている掏摸達へ、伊勢参《いせまい》りへ行けと言ってみる。

「い、伊勢参り？」

「伊勢参りなら、信心の為の旅だと言って、道中、周りに縋《すが》る事が出来る。つまり施《ほどこ》しを受けつつ旅が出来る訳だ」

そして伊勢参りでは、参詣《さんけい》した後、物見遊山《ものみゆさん》の為、京や大坂へ回る者も多いという。だから二人はそのまま、上方へゆける筈だ。大坂など賑《にぎ》やかで大きな町は、余所者《よそもの》を受け入れてくれやすい。

「本気で江戸を離れたいのなら、どこにあるのか分からない庭じゃなく、西へゆくんだな」

言われた二人は、寸の間返事も出来ずにいる。すると暗い中、古松の声がした。

「上方へ行くんなら、もう掏摸など止めるこった。でないと気がついた時にゃ、西の親分の下で、また下《した》っ端《ぱ》をしてるって事になるだろうよ」

「そ、そうか。そうかもしれねえな」

掏摸二人が顔を見合わせた。それから星明かりしか無い中、白沢達の方を見ると、揃《そろ》って一つ頭を下げる。そしてやってきた方へ足を向けると、闇の中へと消えていった。

「あいつら、本当に伊勢参りに行って、掏摸から足を洗えればいいんだけどね」

古松の声だけが、夜の中に残った。

5

明日になれば、〝若だんな〟の事を思い出しそうな気がしてきて、白沢は一旦、長屋へ帰りたくなっていた。

しかし古松は、せっかく大きな稲荷神社へ向かっているのだから、このまま神の庭へ行って欲しいと、白沢に言ってくる。

「でも……とにかく一休みさせてくれ」

ずっと古松を抱えて走っていたからと言うと、老爺は慌《あわ》てて白沢の腕から離れ、木戸近くにあった小さな稲荷脇の、井戸の側《そば》へ腰を下ろす。長屋が近い故、大きな声は出さなかったが、名の知れた稲荷神社まではそう遠くないと、古松は嬉しげに語り出した。

「とにかく荼枳尼天様にお願いして、仲間の妖狐らを江戸から帰す事が出来れば、心残りが消える。あたしも安心して、あの世へ行けるってものさ」

ここで白沢が、古松の顔をのぞき込んだ。

「あの、爺《じい》さん。お前さんの話によると、神の庭には、荼枳尼天様がおわすんだよね？」

「うん。我らは荼枳尼天様に仕えているんだ」

「だとしたら、だ。古松さんの病を治す薬、その神様から貰う訳には、いかないのかい？」

まさか本当の神ではなかろうが、これから向かう地には、一帯を取り仕切る主《あるじ》がいるのだ。ならば病になった古松を託し、ゆっくり養生させて貰えぬものかと、白沢は考えた。

だが古松は、座ったまま首を横に振る。

「神様には神様の理《ことわり》が、おありになるんだろうよ。荼枳尼天様は、死者の魂をもこの世に引き戻すという、返魂香《はんごんこう》をお持ちだ。でも、我らにとって都合の良い薬を、何でも持っておられる訳じゃないんだよ」

「……返魂香」

その名を聞いた途端、夜が歪《ゆが》んだ気がして、白沢は一寸《ちょっと》脇の木戸にもたれかかり身を支えた。

（何なんだ？　返魂香？　聞いた事があるような……）

また一つ、心に引っかかる言葉が増え、更に、気持ちが重くなる。白沢はじき我慢が出来なくなり、悪いがやはり一日、稲荷神社へ行くのを待っては貰えないかと、そう古松へ頼んでみた。

「その、忘れちまった事を、何か思い出しそうなんだ。そいつをそのままにして神の庭へ行っちまったら、後悔するかもしれない」

そうなったら辛《つら》い。正直に話すと、古松が白沢を見上げ……やがてゆっくり頭を下げた。

「こいつは申し訳のない事だった。気ばかり焦って、お前さんの事情を、つい考えないでいた」

古松が、神の庭へ行きたいと願うのと同じくらい、白沢も、前のことを思い出したいと願っているのかもしれないなと口にする。

「己の事ばかり考えてたよ。済まない」

「いや、……一旦行くと言ったのに、勝手を言っちまって」

頭を下げると、古松はもう何日か、長屋に居てくれと白沢へ言った。その後、神の庭へ行ってもいいと思ってくれたら嬉しいと、大人の話し方をしてきたのだ。

「そうしてくれると、こっちも助かります。本当にありがたい」

白沢が礼を言い、二人は一旦長屋へ帰る事にした。しかし気落ちしたのか、今度は古松が疲れたと言ったので、しばし井戸端でゆっくりする事にした。

白沢と古松は、江戸から逃げ出す事にした掏摸達の事を話し、無事旅が出来ればいいがと、思いを馳《は》せる。掏摸仲間から勝手に逃亡すれば、裏切り者と思われる事だろう。つまり江戸から逃げ出すと決めたら、何もかも振り捨てて、なるだけ早く遠くへ行かねばならなかった。

「ここは隅田川が近い。私なら、木戸の開く朝までは、こういう場所に隠れている。その後、川へ出て舟で品川へ下るかな」

持っている銭、身につけているものを売ってでも、船賃を作るのだ。どうせ旅にかかる金子全《すべ》てを、用意は出来ない。手持ち全部を使ってでも、まずは江戸から離れた方がいいと言うと、古松が頷《うなず》いた。

「後は道中、恵んで貰い旅をする訳か。まあ、大変な旅になるだろうが、そうやって伊勢まで行くお人もいるからね」

やがて、そろそろ帰ろうかと古松が口にし、白沢が立ち上がるのに手を貸そうとした、その時であった。

「きゅんげーっ」

夜の中に、軋《きし》むような声が響いたのだ。何かを恐れているようにも、警告の声のようにも思えた。

「な、何なんだ？」

白沢が、慌てて古松を背後に隠し、身構える。先程掏摸二人が足止めを食らった木戸へ、近づいてくる姿があった。しかも闇の中、赤い目のようなものが見えてくる。急ぎ逃げ道を探し、道の反対へ顔を向けた。すると驚いた事にそちらにも誰かが居るのを感じ、白沢は、片眉《かたまゆ》を引き上げる事になったのだ。

(いつの間に、前と後ろから挟まれてたんだ？)

いつもであれば、こんな間抜けはしないものをと思い、いつもとは、どういうことかと首を傾《かし》げる。

何者かが近づいてきていた。

ぎゅいぎゅいと、長屋や木戸が軋んだ。

「お、おやま。こんな夜中に、誰が来たんだろうね」

白沢の視線を見て気がついたようで、妖狐を名のる古松も、井戸端から道の前後へ目を向けている。やがて星明かりの下、まず姿を現したのは……何と、先程別れた筈《はず》の掏摸、二人であった。

「おや、何で戻って……」

言いかけた白沢が、途中で言葉を切る。掏摸達の後ろに、見慣れぬ姿があったからだ。目が赤かったのは、その者達のようであった。

すると、何と古松が驚きの声を上げた。

「おや、魂消《たまげ》た。こりゃ青毛《あおげ》さん達じゃないか」

白沢へ、同族の顔見知りだというと、青毛らは古松へ一つ会釈《えしゃく》をする。それからどうやったのか、簡単に木戸を開けてしまい、白沢は目を見開いた。

「ということは……彼らが古松さんが気に掛けていた、妖狐の仲間ということか？」

ならば、ならば。

「おお、良かった。仲間に会えたんなら、私がここで、この御仁達を説得しよう。もう神の庭とやらへ行く必要はないぞ」

正直なところ、心底安心した。古松は病身ゆえ、この先頼る者が必要となるだろうが、それを任せられる者が現れたのも嬉しかった。

だが青毛は、古松の横に立つ白沢へ、酷《ひど》くきつい眼差《まなざ》しを向けてくる。それから尖《とが》った声で、こう言ったのだ。

「古松さん、昼間一度ちらりと見ただけだが、その男、白沢でしょう？　この掏摸達から、古松さんが、白沢という男と会っていたと聞いたので、心配して来たんですよ」

「心配？　はて青毛、どういう事だい？」

「長年我らが探していた河童《かっぱ》の秘薬、古松さんの病を治す薬を、どこぞへ隠した者がいる。そいつがその白沢なのです」

「は？　白沢さんが、秘薬を隠した？」

その話を聞き、古松は目をしばたたかせている。そしてもっと驚いたのは、当の白沢であった。慌てて一言口にする。

「おい、青毛殿とやら。河童の秘薬なぞ、私は持っていないぞ。私の印籠《いんろう》に入っていたのは、傷の練り薬と、熱冷ましくらいのものだった」

己の事を忘れても、持っていた薬が何かは、見て分かったのだ。しかし青毛は、酷く怖い表情を浮かべ、白沢を睨《にら》んでくる。

「我らは古松さんの為に、ずっと秘薬を追っていたのだ。ここにいる二人の掏摸の元締めにも金子を約束し、探させていた」

そして長年掛かってやっと、古松の病を治すのに必要な薬は、利根川《とねがわ》の河童が持っている事を突き止めたのだ。妖狐達は古松の為、間に合ったと喜んだ。ただ。

「我ら妖狐は河童達と、大して親しくはないからな」

するとここで古松が、口元に苦笑を浮かべる。確かに妖狐と河童は、互いを見ればよそよそしく、その場を離れてゆく。諍《いさか》いの元は、古《いにしえ》の化け比べだ。

「河童達も羊歯《しだ》の葉を使って、人に化ける事があるんだよ。でもな、化ける事が得意な我ら狐に、河童の術が勝る訳がない」

河童が化ける術を自慢し、妖狐がそれを馬鹿にして、言い合いとなり……揉《も》めたあげくに、疎遠《そえん》となった。つまり河童と狐は、今更、秘薬とまで言われている薬をくれとは、言えない間柄であったのだ。

「だが、だがだが、古松殿にはその秘薬が必要だ。何としても必要なのだ。しかも、直ぐに！」

それで。ここで青毛が急に下を向いたので、白沢がその顔を見つめる。

「それで……何をしたんだ？」

その時声を出したのは、妖狐の仲間に捕まっていた掏摸の二人組であった。

「おいっ、もう俺たちを離してくれっ。こうして、爺さんと兄さんの所まで案内したんだ。もういいだろうが」

聞けば二人は間抜けにも、己の住む長屋へ、貯《た》めていたなけなしの金を取りに戻り、そこを青毛に捕えられたらしい。青毛は掏摸の元締めから、希《まれ》な薬があったと聞き、二人の住処《すみか》へ押しかけていたのだ。

「なあ離せよ。離してくれよ。何だかお前さん達、気味が悪いよ」

今放り出してくれれば、余分な事は言わないと言ったものだから、青毛が掏摸達を睨む。するとここで古松が、掏摸達へ声をかけた。

「おい、青毛が何かやったのかね。あたしのために、やっちまったのか?」

この時、急に周りの長屋が軋み始めた。そしてその軋みは、段々声のように聞こえ始める。波のように続く。

「きゅい、きゅい、見つけた、きゅい」

「きゅわっ、悪い奴《やつ》、見つけた」

「やっと、やっと、きゅんいー」

「来るよ。もうすぐ来るよ」

「きゅわっ、きゅわっ、きゅわっ」

軋みは星明かりしかない夜の空を、渡ってゆく。

そこへ青毛達がいるのとは反対側の道から足音が近づいてきた。やがて闇の中から、滲《にじ》み出すように現れた姿があった。

6

「ああ、見つけた！　鳴家《やなり》、お手柄だ！」

まだ姿もはっきり見えない内に、誰かが大きな声を出した。そして足音が駆け寄ってくると、若い男が白沢へ飛びつく。

「仁吉《にきち》っ、無事だったんだね。心配したよっ」

白沢は仁吉と呼ばれて、大いに戸惑った。しかし、何故《なぜ》だかそちらの呼び名の方が、しっくりくる気もした。

しかし相手が分からず返答も出来ずにいると、若者が首を大きく傾げる。すると後ろから古松が、一言、大急ぎで言ったのだ。

「あの、そこのお若いの。白沢さんは今、前の事を覚えてないんだよ。怪我《けが》をしたらしい」

「は？」

若者が、寸の間顔を強ばらせた。古松はそこで名のると、白沢と出会ってからのことを一通り口にしたのだ。若者が、一緒に来た男へ、困ったような表情を向ける。

「何と、仁吉は自分の名も、忘れちゃってるの？」

「若だんな、なのにこの古松さんと、表通りの茶屋で出会ったとは。妙な話ですね」

若者を若だんなと呼んだのは、佐助《さすけ》という男で、二人は一緒に眉根を寄せている。

それを見た掏摸達がその前の事を話し始めた。

「ああ、その兄さんは、隅田川で溺《おぼ》れて怪我をしたんだそうな」

川端から茶屋までの事は掏摸が心得ていて、話が繋《つな》がった。そして、白沢が川上から流れてくるまでの話は、若だんなが知っていたのだ。

「あのね、仁吉。仁吉は昼間、私たちと一緒にいたんだよ」

この時、勝手に話し合いをするなと青毛が言い始め、それを佐助が突きつけた拳《こぶし》で黙らせる。それから、長く話すと疲れるからと、佐助が若だんなを古松の隣、井戸近くへ座らせようとする。ところが、白沢の仲間は気に入らぬと、青毛達が若だんなを追い払おうとしたものだから、佐助と青毛が、今にも殴り合いそうな構えで向き合う事になった。

「ありゃま。佐助、無茶はしないでよ」

だが若だんなは、佐助のことは心配ない様子で白沢に向き合い、また仁吉と呼んでから、話し始めた。

「私と佐助、仁吉は今朝方、舟で隅田川を遡《さかのぼ》って、大川橋《おおかわばし》の辺りまで行ったんだ。そこに丁度、禰々子《ねねこ》さんが来てたんで」

禰々子というのは知り合いで、以前若だんなへ、珍しい薬を分けてくれた者だという。ただその薬の中に、薬効の分からないものがあった。若だんな達は、それを聞きに行ったのだ。

ここで若だんなは、ちらりと青毛を見た。

「すると紫色の薬玉が、三日先を覗《のぞ》ける薬、緑色のものが、三日間だけ病が治る薬だって言われたんだ」

「は？　三日だけ治って……その後、どうなるんだ？」

掏摸二人が首を傾げ、青毛が顔色を蒼《あお》くした。

「み、三日だけ治るなんて。そんな筈はない。河童の秘薬は、どんな病でも治すと聞いたぞ」

「治すそうですよ。だけど、三日間だけ」

（あ……三日。確かに以前、三日という言葉を聞いた気がした）

白沢が目を見開く。青毛は声を失い、その横で古松は小さく息を吐いて、足下を見つめている。

若だんなが先を語った。

「効き目が分かったので、土産の菓子と胡瓜《きゅうり》を禰々子さんへ渡し、私達は川を下ったんです」

ところがいくらも行かない内に、見た事のない舟が近寄ってきたのだ。

「あのときお前達が、素直に薬を差し出せば、騒ぎにならなかったんだ」

青毛が勝手を言うと、井戸脇で佐助へ殴りかかった。

「は？　勝手な事を言うな！」

大声と共に戦いが始まり、その間に器用に、話が挟まれてゆく。ぶん殴る。蹴《け》る。

長屋脇は大きな声に包まれていったが、恐れをなしたのか、住人は誰も表へ出てこない。

青毛とその仲間が、揃って佐助へ一撃食らわした。

「古松さんは、心の臓が悪いんだ。神の庭へ帰る為には、秘薬が必要だ！」

「だからって、我らを襲ってもよい事には、ならないだろうっ」

どうしても要るというなら、秘薬を下さいと、河童に頼むべきだったのだ。しかし、佐助に殴られた青毛は、小さなお稲荷様の前で踏みとどまると、睨み返した。

「河童にはもう既に、頼んだ。くれる気はないと、突っぱねられたわ」

河童は頼み方が悪いと、難癖《なんくせ》を付けたのだ。

「あのな、若だんなや私達は、お前らが突然舟をぶつけてきたんで、とんでもない事になったんだぞ！」

「知るかっ」

青毛が殴る。佐助がそれを受け、足で蹴飛ばした。他の妖狐も加わる。小鬼達までが長屋の屋根から、木の葉を投げ下ろした。ここで青毛が吠《ほ》え声を上げ、その声に応《こた》えた多くの鳴き声が、夜の中から返ってきた。

だが若だんなは一人、落ち着いた顔で、白沢に向き合っていた。そして、白沢が隅田川へ、どうして落ちたのかを告げたのだ。

「あの青毛さんが、薬の小袋が欲しかったんだろうね、舟をぶつけてきた。それは今、話したよね？」

白沢が頷く。

「何しろ舟の上だったからね。私はよろけて、川へ落ちそうになったんだ」

秘薬入りの小袋と若だんなが、隅田川へ投げ出されていった。妖狐の乗った舟と仁吉が、それへ突進した。そして。

ここで佐助が、青毛を怒鳴りつけた。

「若だんなは仁吉が助けた。だが、お前達の舟が、落ちかけた仁吉へ突き当たった。仁吉は川に流されてしまったんだ！」

「うるさいっ、さっさと薬を寄越さなかった、河童が悪いんだっ」

青毛が叫んだ途端、佐助のもの凄い蹴りが、その体を吹っ飛ばす。青毛は隅に逃げていた、二人の掏摸の所へ飛んでいってしまった。

「危ないっ」

若だんなが声を掛けるより早く、掏摸達は二人とも倒され、木戸から外へ転がり出る。すると、その二人と入れ替わるように、夜の中から新たに何匹もの狐が現れてきて、佐助に向かっていった。

「ありゃ、大騒ぎになった」

小鬼達が屋根の上から、きゅげーっと声を上げる。若だんなへも手を出そうとした狐がいたので、白沢が咄嗟《とっさ》に投げ飛ばした。

その時、一旦木戸向こうの路地にまで転がっていった掏摸二人が、素早く、飛び上がるように立ち上がった。

それから、大騒ぎに恐れをなし、人の目に見えない妖達の声に驚き、総身をぶるりと震わせると、死にものぐるいでその場から逃げ出していったのだ。今度こそ、もう脇目も振らず、上方へ旅立つかもしれない。

その時若だんなと向き合った古松が、騒ぎには目もくれず、震えた声を出した。

「何と白沢さんの怪我は、隅田川で、我らの仲間が負わせたものでしたか。あたしが関わっていたとは」

古松が立ち上がり、呆然《ぼうぜん》とした顔を白沢へ向けてくる。

「済まない。そいつは本当に、申し訳のない事だった」

なのに、迷惑を掛けたその白沢へ縋ってしまい、どうやって謝ったらいいのか分からないと、古松が声を震わせる。

「白沢さんは、未《ま》だ前の事を思い出せないんだ。あたしが迷惑を掛けたから、思い出せないんだ」

妖狐達にも迷惑をかけたと、古松がつぶやく。白沢にも若だんなにも、長屋の人達にすら、沢山沢山難儀をかけた。己が江戸に居たがった為、最後にはこんな事になってしまった。

「ああ……軽い気持ちで、この町で暮らし始めたのに。何でこんな事に、なっちまったんだろう」

特に最後の最後で、白沢に怪我をさせてしまったことを、古松は嘆いた。白沢は、若だんなが仁吉と呼んでも戸惑っていたからだ。

「これじゃ元の毎日を送ることが、出来ないかもしれないよ」

若だんなが、困ったような表情を浮かべる。

「確かに仁吉ときたら、戸惑ってるねえ。佐助に会っても、鳴家の声を聞いても、駄目だった。私に会っても、思い出してくれなかったよ」

鳴家達は、他家の鳴家にも頼んで、仁吉の事を探してくれたのにと、若だんなはちょいと白沢へ顔を向け、口を尖らせた。それから、大喧嘩《おおげんか》をしている面々は見ず、真っ直ぐに古松の目を見てくる。

「でもね、これだけ大勢の思いが、古松さんへ集まったんじゃないか。きっと皆、古松さんが大好きなんだよ」

だから、その思いがあったことを、嘆いたりしなくてもよいと思う。若だんなは、柔らかく言った。

そしてにこりと笑うと、手にしていた小袋を開いたのだ。

「仁吉のおかげで、私はこの緑色の玉を、隅田川へ落とさずに済みました。ねえ、古松さん。この薬、試しに飲んでみませんか？」

「は？」

「三日しか効かない薬です。でも、効くのは確かだ。だから飲めば、今日から三日は古松さんの妖狐としての力は、戻ると思う」

ならば。

「飲んで、神の庭へ戻ればいい。その後どうなるかは……そのお庭におられる方に、お聞きするしかないですね」

「な、なんと……若だんな、そのお薬、私が貰《もら》って良いのですか？　お、おおっ」

三日きりという話だったが、古松は喜んだ。とにかく帰れると知ると、白沢が思った以上に喜んだのだ。夜の中、目を輝かせたので、若だんなはさっさと飴玉《あめだま》のような緑色の玉を取り出すと、古松の口に放り込む。ごくりと飲んでから、古松は目を見張った。

「へっ？　まだ、稲荷《いなり》神社へ行ってはいないんですが……ここで飲んでも」

「三日も間があります。どこから行けるのか、私は知りませんが、これからゆっくり向かえばいいのでは？」

「ああ、はい。そうですね」

すると、そう答えている間に、古松の様子が変わってきた。皺《しわ》だらけの干物のようであった老人が、あっという間に、しゃんと腰を伸ばして立ったのだ。

「ああ、何と気持ちの良い。こんな晴れやかな感じは、久々だよ」

声まで若返ったのを見て、驚いた顔の妖狐達が、一斉に佐助との喧嘩を止める。青毛など、一旦《いったん》大いに戸惑った後、目に涙をにじませてきた。

「こいつは、久々に元気な古松さんを見たよ。嬉しい事だ」

それから酷く狼狽《うろた》えた顔で、若だんなを見る。そして……深く頭を下げてきた。

「済まない。河童の知り人だし、薬をあっさりくれるとは思わなかったんだ。あの、迷惑を掛けた」

そう言われて、若だんなは小さく頷いたが、白沢の様子は妙なままだから、佐助の機嫌は直っていない。

その時、また鳴家達が夜の中、一斉にきゅわきゅわと鳴き始めた。

「どうしたの、鳴家？」

若だんなが首を傾げると、一匹が袖《そで》の内へ飛び込んできて、あっち、あっちと長屋脇の小さな稲荷を指さす。見れば驚いた事に稲荷の戸が開き、そこに思いがけない光景が現れていた。古松が呆然とした声を出す。

「何と、神の庭が見えるよ」

一歩、古松が近寄ると、中に居た誰かがはっきり見えた。途端、驚いた声を出したのは、白沢であった。

「これは……おぎん様」

その声に驚いたかのように、それは美しい人が振り向く。そして白沢を見ると、

「あら」と小さな声を出した。

それから妖狐達へ目を向け、少し首を傾げ、その後若だんなの姿を見て、今度は笑った。

「まあ、珍しいこと。江戸との間の道が、開いているようだわ」

ここで、おずおずとした声が聞こえた。

「おぎん様。あの、この古松は、庭へ帰りたいと思っておりまして。それで」

古松は深く深く頭を下げてから、おぎんの前へ進み出る。長く病であったが、若だんなから貰った秘薬のおかげで、三日間だけ病を治したこと。そうなったので、いの一番に、戻りたいのだと告げた。

小さな笑い声が聞こえた。

「まあ、放蕩《ほうとう》の末に、古松が帰ってくるのね」

古松は暫《しばら》くしてから、泣きそうな顔で頷いた。そして立ち上がると、嬉《うれ》しげな表情を浮かべて、稲荷の方へと歩いていったのだ。それを見た妖狐達が、慌てて後を追う。

ここでおぎんの眼差しが、また一瞬、白沢の方を向いた。白沢が目を見張り……僅《わず》かに微笑《ほほえ》む。おぎんが笑みを返したような気がした。

しかし稲荷の戸は、ここでゆっくりとまた、閉まっていく。おぎんが一太郎《いちたろう》の方へと目を向けた。

「あらまぁ、久しぶりに会えたと思ったのに、ゆっくり話す間もないみたいだ。一太郎、おたえによろしくね」

「おぎん様、よろしくとは……？　あの、おたえとはどなたです？」

妖狐達が揃って狼狽えたが、その声を飲み込んだまま、稲荷の戸口が早々に閉じてゆく。神の庭が、あっという間に江戸と離れていった。白沢はその幻のような美しい光景へ、じっと目を向け続けた。じき、涙が一筋その頰を伝う。泣いているようにも笑っているようにも見える、何とも言えぬ表情を浮かべた後、白沢は目をつぶった。

そして、直ぐにしゃんと背筋を伸ばしたのだ。

「済まぬ、感謝」

青毛の、そんな短い声がしたと思うと、気がつけば夢、幻のように、稲荷神社の戸は閉まっていた。そうして古松も青毛も、他の妖狐達も、見事に井戸の周りから消えていたのだ。

長屋脇の場に、夜が残った。白沢と若だんな達、それに小鬼も残されていた。

「あれまあ。最後は短い間に終わったこと」

若だんなが小さく笑う。白沢は顔を上げると、一つ息をついてから連れの二人へ目を向けた。

「ご心配をかけました。もう……大丈夫ですから」

「おや。じゃあ、仁吉と呼んでもいいんだね？　思い出したみたいだ。ああ良かった」

良かった。もう一度繰り返し、若だんなが仁吉の背に額を当てて、うんうんと頷く。小鬼達も真似《まね》をして、仁吉の肩に飛び乗り、意味も分からぬままに、うんうんと頷いた。

ここで、何故だか不機嫌な様子の佐助が、拳固《げんこ》で仁吉の顎《あご》を押し、低い声で言う。

「前の事を思い出したのは、おぎん様のおかげか。私はともかく、若だんなの顔を忘れていたとは、しようのない奴だ」

仁吉が小さな声で「済まん」と言い、〝長〟と、長崎屋《ながさきや》の印が書かれた薬を手に取ると、苦笑と共に見つめる。すると佐助が、長年の相棒仁吉へ、驚くような事を言ったのだ。

「もし、お前さんも神の庭へ戻りたいなら、そうしたらいい。若だんなは寂しがるだろうが……もう幼子ではない。送り出して下さるだろうよ」

「佐助、私はやっと長崎屋へ帰る事になったんだ。余所へは行かぬよ」

「本心か？」

「神の庭はずっとある。今、急ぎ行かねばならない所ではない」

「心が騒がないのか？」

「い、要らぬ事を言うなっ」

寸の間、真っ赤になった仁吉の顔を、若だんなと妖達が、珍しいものを見たとつぶやきつつ見つめる。それからこっそり笑い出すと、皆で佐助をなだめた。

「仁吉はもう行方知れずじゃない。それが一番大事だよ」

とにかく、もう大丈夫。若だんながほっとした声で言うと、妖達も頷く。

屋根の上から降りてきた小鬼達が、きゅわきゅわと声を上げ、それから嬉しそうに言った。

「きゅわ、帰ろ」

「長崎屋へ帰ろ」

「きゅい、きゅわ、きゅんべ」

さて、どこの木戸なら通れるかなと、若だんなが首を傾げたその時、仁吉が、若だんなをひょいと小脇に抱えた。それから佐助と共に、ふわりと木戸を飛び越え、夜の通りを進んでいった。

たぶんねこ

1

春も過ぎたある日のこと。江戸の廻船問屋《かいせんどんや》兼薬種問屋《やくしゅ》、長崎屋《ながさきや》の若だんなが暮らす離れへ、柏餅《かしわもち》が沢山届いた。

「広徳寺《こうとくじ》の寛朝様《かんちょう》が、お礼の品として下さいました」

仁吉《にきち》が笑って言う。寛朝は広徳寺という寺の、妖《あやかし》退治で高名な僧だが、最近名が知れ渡り過ぎて、手が足りなくなっているのだ。しかし、妖がらみの用だと、危なくて人に頼めぬ事も多い。それで、長崎屋の離れに巣くう妖達に、助けを請《こ》うようになっていた。

「お弟子は秋英《しゅうえい》さん一人だもの、忙しすぎるよねえ」

若だんなが言うと、さっそく柏餅に手を出した屏風《びょうぶ》のぞきが、頬張りながら頷《うなず》く。

だが寛朝や秋英のように、人でありながら妖が見える者は、多くはないのだ。

長崎屋の妖らとて、若だんなが頼み、兄《にい》や達がやれと言った時だけ、渋々手を貸すだけだ。なので寛朝は、いつも忙しかった。

「おまけに最近は、妖がらみ以外の、僧としての仕事も多いとか聞いたよぉ」

そう話す金次《きんじ》は既に三つ、柏餅を胃の腑《ふ》に落としている。貧乏神の金次によると、最近江戸では、用心の行き届かない小さな店へ押し込む輩《やから》がおり、殺されるお店者《たなもの》が多いという。それで残された子供らの引取先を探すのに、広徳寺も手を貸しているのだ。今日の柏餅は、最近、子らへの菓子を買うようになった店から、購《あがな》ったものらしい。

そうなると、いつも以上に金が要るから、諸方へ寄進を願う事になる。寛朝はそちらにも、時を取られている訳だ。

「寛朝様も色々大変だな。つまり我ら長崎屋の妖を、もっと働かせたいんだろうな」

だが上野は遠いから、度々行くのは嫌だと屏風のぞきが言い、皆も頷いている。妖達は離れでのんびり、若だんなと一緒にいる方が好きであった。

「きゅんいー、でも柏餅、美味《おい》しい」

するとその日は縁側に、大層珍しい客人が姿を現したのだ。若だんなは笑みと共に、頭を下げた。

「これは見越《みこし》の入道《にゅうどう》様、お久しゅうございます」

妖の内でもその名を知られた、強大なる者の登場に、鳴家《やなり》達がきゅわきゅわと騒ぎだす。入道が縁側に座ると、その膝《ひざ》に鳴家達が何匹もよじ登り、柏餅を差し出す。その菓子は妖達が働き者であったので、広徳寺の寛朝がくれた事を報告した。

入道は妖らが仕事をしたと聞き、笑い出した。

「いや、皆忙しそうで、張りのあることだ。実はな、わしも今日はちょいと用があって、江戸へ来たのだ」

見越の入道はそう言うと、脇《わき》へ、下に竹籠《たけかご》が付いた巾着《きんちゃく》を一つ置く。そして己《おのれ》も一つ餅を口にしてから、この長崎屋へ寄ったのも、頼み事があっての事だと言う。

「見越の入道様が、頼み事ですか？」

若だんなが驚くと、入道は小鬼達の頭を撫《な》でつつ語り始めた。

「若だんな、妖狐《ようこ》古松《ふるまつ》の事は覚えておろうな。最近江戸から、神の庭へ戻ったあいつだ」

庭にいるおかげか、死ぬほどに具合が悪かった古松が、今は元気だと言って入道は笑う。入道は古松が庭へ帰るまでの顚末《てんまつ》を、大妖《たいよう》の皮衣《かわごろも》、実は若だんなの祖母であるおぎんから聞いたと言った。

「えっ、おぎん様は見越の入道様に、古松の一件をお話しになったんですか？」

縁側で羊羹《ようかん》を切っていた仁吉が、珍しくも顔を赤らめたものだから、佐助《さすけ》がにやっと笑みを浮かべた。

入道によると、己と共におぎんの話を聞き、江戸を酷《ひど》く懐《なつ》かしがった者がいたという。

「月丸《つきまる》という者だ。元々は江戸の出でな」

古松は庭に戻りたがったが、月丸は庭から江戸へ帰りたいと望んだのだ。そして月丸は、庭の者としては珍しくも、妖ではなかった。

「月丸は幽霊なのだよ」

「おお、幽霊も神の庭にいるのですね」

若だんなは、小鬼達へ柏餅を切り分けつつ、目を見開く。ここで見越の入道が「ふふ」と笑い、その幽霊月丸を、今日は同道《どうどう》してきたと言ったものだから、皆が驚いた。

「でも入道様、まだ昼間ですよ」

すると入道は頷き、持ってきた巾着を指し示した。

「確かにまだ暮れておらぬ故《ゆえ》、幽霊である月丸は外へ出られぬ。だから今、われの巾着の中に入って貰《もら》っておるのだ」

「おや、そいつは、内で幽霊が過ごせる巾着なんですか。特別な品ですね」

皆の目が、竹籠が底に付いた、一見並の巾着へ集まる。入道は、己の今回の用とは、月丸の事だと言い出した。

「月丸は昔、江戸で幽霊となった」

そしてあるとき月丸は、幽霊として一人夜を過ごすのも辛《つら》いと言い、強き妖に神の庭へ同道させてもらったのだ。何とかたどり着くと、それから長くその地で過ごしてきた訳だ。

だが。

「庭にいても結局、幽霊であることは変わりがないのでな。月丸は最近、元気がなかった」

そんな時おぎんから、古松と江戸の話を聞いてしまった。すると帰りたいという気持ちが、押さえられなくなったらしい。しかし、庭にいた妖達は、帰った後の月丸を心配した。

「月丸は、力弱き幽霊だ」

そして江戸に居られず、茶枳尼天《だきにてん》の庭へ逃げてきた者であった。

「懐かしいからと戻ったところで、江戸で暮らすのは、やっぱり無理ではないか。皆は、そう案じた。古松は特にだ」

再び暮らせなくなっても、妖力が弱いため、妖狐古松と同じく簡単には庭へ戻れない。

「その上、古松が言っておったのだ。最近は江戸も物騒な事が多くなったと」

肝を冷やすような人の悪事も増えたゆえ、妖達の起こす騒ぎも、放って置いてもらえなくなってきたのだ。幽霊とて下手をすれば、退治され消える事になりかねない。

「しかし月丸は、戻りたいと思い詰めておる。ただ止めるのも可哀想《かわいそう》でな」

結局おぎんが、江戸へ行く見越の入道へ、月丸の事を頼んできた。

「この身が、とりあえず預かった。江戸で幾晩か共に過ごし、やっていけるかどうか見る事になったのだ」

そして幽霊月丸は、大妖見越の入道の巾着へ潜り込み、今ここに居るわけだ。

「それでとりあえず最初に、この長崎屋へきた。ここの皆なら、妖怪変化《へんげ》の事は承知しておるからな」

人の世で何か起きた時、妖が相談に乗って貰える場所は少ないからと、見越の入道が言う。すると縁側で金次が、「見越は甘いねえ」と言い、ひゃっひゃと笑っている。

「大丈夫ですかね。己の力で江戸へ来る事も出来ない御仁《ごじん》なんですよね？」

仁吉が溜息《ためいき》をつき、若だんなが夜になったら、きちんと挨拶《あいさつ》をしますと口にする。

「済まんが、よろしく頼む」

見越の入道はそう言うと、一つ用が終わったとばかりに、また柏餅を食べ始めた。するど、鳴家達が一層集まってきて、その内何匹かは、縁側で巾着を珍しそうに触り始めた。

そして。

「きゅんいーっ、月丸にも柏餅あげる」

目を離した隙《すき》に、縁側にいた鳴家が二匹、餅を側《そば》に置くと、両側から巾着の紐《ひも》を引っ張ってしまったのだ。蝶結《ちょうむす》びで閉じられていた巾着の口が、ぱらりと開いた。

まだ日は暮れていない。「ひいっ」と怯《おび》えた声が巾着から湧《わ》き、離れに響き渡った。

「わっ、大変っ。駄目っ」

日の光にさらされたら、幽霊月丸がどうなってしまうか分からない。横に座っていた若だんなは、飛びつくように巾着の上へ覆《おお》い被《かぶ》さった。すると。

「ひあああっ、駄目だ駄目だもう駄目だっ」

湧きだしてきた悲鳴が、若だんなの総身《そうみ》を搦《から》め捕った。声に包まれ、目も開けておられない。身が浮いた。そして気がついたら……そのまま下へ下へと落ちていたのだ。

「へっ？」

若だんなが落ちながら目を見張る。どう見ても小さな巾着の中に、己が入り込んでいた。しかも。

「巾着って、こんなに深かったっけ？」

袖《そで》の内に入っていたのか、鳴家達も一緒に落ちているようで、「きゅんいーっ」という悲鳴が聞こえる。

「きゃあっ、若だんなっ」

「入道様、どうなってるんですか」

「ひえっ、どこへ消えたんだい」

鈴彦姫《すずひこひめ》や仁吉、屛風のぞきの声が聞こえたが、不思議な事に、それが段々遠ざかっていくのだ。

「あれれ？」

戸惑っている内に、辺りは闇《やみ》に包まれた。若だんなはその内、落ちているのか止まっているのかすら、分からなくなった。ただ夢へ落ちるがごとく、何もかもが消えてゆく。

全《すべ》ては、一面の黒であった。

2

「きゅい」「きゅわ」「きゅんい」

三つの声で、若だんなは目を覚ました。途端、鳴家達が、何故《なぜ》だか大急ぎで懐《ふところ》へ入り込んできたので、若だんなは何とか身を起こす。そして三匹とも胸元に抱え、頭を撫でた。

「どうしたの？　大丈夫だよ」

だが小鬼らへはそうは言ったものの、若だんなは今、自分が、どこで、何をしているのか、とんと分からなかった。周りは暗い。

（はて、ここ、どこかしらん？）

今、自分達のいる場所が、長崎屋の離れの縁側でないことは分かった。寒い上に兄や達がいない。おまけに頭上には、月が輝いていた。

「つまり外だ。これは、どういうことかな」

今いる場所は斜めに傾いており、目を落とすと月光のおかげで、少し先で途切れている事も分かる。己はどうやら、どこかの屋根の上にいるようであった。

するとこの時、横から知らない男の声が聞こえてきたのだ。目を向けると、兄や達よりも大分年上で、ちょいと渋い顔のいい男が、気障《きざ》な口調で話しかけてきた。

「おや兄さん、気がついたね」

それから、男もここがどこだか知らぬ様子で、若だんなに問うてきたのだ。江戸は久しぶりなんで、とんと分からねえと続いた。

「そもそもどうして、屋根の上にいるんだか。兄さんが、おれのいた巾着の中へ、落っこちてきた事だけは覚えてるんだが」

突然巾着の中が明るくなり、悲鳴を上げた途端、若だんなの姿が見えて……後は覚えていないというのだ。己もつい先程、目を覚ましたばかりだと言われ、若だんなは目を見張った。

「ああ巾着！　その顚末を知ってるってことは、お前さんが幽霊の月丸さんなんですか？」

男が頷いたので、若だんなも名のる。長崎屋の話は入道から聞いていたらしく、月丸とは直《す》ぐに打ち解けた。そして一緒に、巾着の底がどうして屋根に繋《つな》がるのか、考え込む事になったのだ。月丸が溜息をついた。

「おりゃあ幽霊だ。尋常の外にいる者だ。だから……日の光が怖いって思った拍子に、己で何か力を使っちまったんだろうか」

余り妖力は強くはない筈《はず》だが、幽霊は幽霊だ。残るか消えるかという時ならば、妙な事も成しかねない。そうでなかったら月丸が、幽霊などという不可思議なものになっている筈もないのだ。

「きっとおれが、若だんなを巻き添えにしちまったんだな。悪かった」

月丸が申し訳なさそうに言うので、若だんなは苦笑を浮かべ、首を横に振った。そして、懐から頭を出し、「きゅうぅ」と鳴いている鳴家を撫でつつ言う。

「こちらも悪いんですよ。そもそもの起こりは、鳴家が巾着を開けちゃった事だもの」

若だんなと月丸は、どこだか分からない屋根の上で互いに謝って……その内、笑い出してしまった。つまり自分達は子供のように、突然迷子になったと分かったからだ。

「でも巾着の中に落ちるって、なかなか無い経験ですよねえ」

とにかく目を覚ましたら夜になっていた。何時も経《た》ったはずで、兄や達は心配しているだろう。月は出ていたので、長崎屋がどちらにあるのか確かめたくて、若だんなは屋根の上に立ち上がり辺りを見回す。

すると。

この時月丸がその動きを止める為、若だんなの袖を引こうとしたのだ。だがその手が、すかりと身を通り過ぎた。鳴家が震えて鳴き、驚いた若だんなが月丸を見る。

「あ、そうか。月丸さんは幽霊だものね。私を摑《つか》めないんだ」

幽霊といっても、ひょっとしたら、まるで人のごとく実体のあるものも、どこかにいるかもしれない。この世には不可思議なものが多いことを、若だんなはよく承知しているのだ。

しかし月丸は、薄い墨絵《すみえ》で描かれている幽霊の絵そのものというか、風にそよげば輪郭が揺らぐほど頼りなげな姿だ。その為か、何かを摑む事も触る事も出来ない様子だ。

若だんなが急ぎ、用があるときは声を掛けて下さいと言うと、月丸は頷く。そして一つ間を置いてから、若だんなへ深く頭を下げると、頼み事をしてきた。

「あの……神の庭で聞いたが、長崎屋の若だんなは体が弱いって話だ。何でも毎日、朝、昼、晩に死にかけてるって話だった」

「いえ、それほど、まめじゃ……」

「きゅいきゅい」

「そんなお人に、こういう頼みをするのは、とんでもねえと思う。若だんなは見越の入道様とも、知り合いだ。そして今晩はおれと一緒に、巾着の中からここへ来ちまってる」

だが、それでも。無理を押して、若だんなへお願いしたい。

「おれを見逃しちゃくれまいか」

「は?」

ここで月丸一人が別れて、どこかへ消えてしまったら、長崎屋へ帰った若だんなは困るに違いなかった。どうして月丸を止め、一度入道様の所へ帰って来なかったのかと、周りから説教を食らうだろう。それでは申し訳ない。

しかし。

「おれは今、入道様の所へ帰りたくないんだよ」

「きゅべ?」

若だんなの懐にいる鳴家達が、揃《そろ》って首を傾《かし》げる。月丸は慌《あわ》てて言い訳をした。

「勿論《もちろん》、江戸へ連れてきてくれた入道様には感謝してる。いや、尊敬してる程だ」

でもだからこそ、月丸は戻れないのだ。入道の言葉には、逆らえないから。

「おれは今日も、妙な事になったしなぁ。入道様は、駄目だと思ったかもしれねえ。

月丸はこのお江戸じゃ、やっていけないって」

早々に帰れと言われるのが怖いのだ。だからと、月丸は必死に言葉を繋いでゆく。

「今宵《こよい》一晩だけでも、この先、この地で暮らせるか、己の力であれこれ試してみたい。もしかしたら何か良い方法が見つかって、そいつを入道様へ言えるかもしれん」

そういう訳だ、後生だから見逃してくれと、月丸が薄い色の両手を、若だんなの前で合わせて拝んでくる。三十路《みそじ》で気取った様子の男が、必死に頭を下げるのを見て、若だんなは戸惑い眉尻《まゆじり》を下げた。

それから屋根の上に立ち、四方の景色を眺めた後……頷いたのだ。

「月丸さんの意向は分かりました。神の庭へ戻りたかった古松さんと、逆の願いとは驚いたけど」

とにかく月丸は必死なのだ。それが、鳴家の悪戯《いたずら》によって駄目になったら、申し訳ないでは済まない。だからと、若だんなは言葉を重ねた。

「月丸さんがどこへ行こうと、止めません。でも、私も一緒に付いて行きます」

「は？　そんな無茶をしたら……若だんな、転んで倒れて死ぬんじゃないかい？」

月丸は恐る恐る問うてくる。若だんなは苦笑を浮かべ、頑張りますと言ってから、月丸を見た。

「それに月丸さん、今晩、何かしようと思い立っても、一人じゃ勝手が分からないんじゃありませんか？」

月丸は長く江戸にいなかった。そして江戸は、大火事のたびに大きく変わっている。北や東で町が増え、海には埋め立ての土地が出来、古《いにしえ》とは川の流れすら変わったと聞く。人の手によって作られた堀川は縦横に走り、大名屋敷すら、その主《あるじ》を時に変えてゆく。江戸とは住んでいる者にとってさえ、時と共に大きく姿を変えてゆく地であるのだ。

「江戸住まいでなければ戸惑うだけです」

だから、参勤交代で江戸へやってきた武士が、こちらの事情に慣れぬまま間抜けをしたあげく、浅黄裏《あさぎうら》などと陰口を叩《たた》かれるのだ。

すると月丸が、浅黄裏は流行《はや》っていたが、今着ると陰口を言われるのかと聞く。若だんなが頷いた。

「あの、着物の流行は移るんです。浅黄裏は今、田舎から出てこられた方しか着ておられません。月丸さんが江戸におられたのは、随分前みたいですね」

やはり月丸が、江戸で動き回ろうと思ったら、若だんなが一緒でなければ難しいだろう。

「もっとも私だとて、夜、出歩くなんて、ほとんどやったことなくて。ちゃんとどこかへ、案内できるかどうか分かりませんが」

おまけに今二人は、己のいる場所すら、分かっていないのだ。だが、それでも。

「夜が明けるまで、一緒にいましょう。月丸さんが、後悔をしないために」

すると月丸が、感極まった表情で若だんなへ深く頭を下げ、手を握り感謝を伝えようとして……握る事が出来ず、たたらを踏んだ。月丸は、すかりと若だんなを突き抜けてしまったのだ。

「ありゃ」

「ぎゅべーっ」

自分も通り抜けられた鳴家が、気味悪そうに髪の毛を逆立て、若だんなが小さく笑い出す。月丸は溜息をつくと、よろしゅうお願いしますと口で言ってから、ちょいとふてくされた顔で、天空の月を仰ぎ見た。

3

若だんなが同道する事に決まると、二人は夜の道へと降りた。若だんなは幽霊ではないので、大層苦労する事になった。

何とか降り立った場所は、長屋脇にある井戸の側で、明るい月の下、赤い旗が立っているのが見える。とにかく場所が知りたいと表通りへ出れば、懐の鳴家達が久々のお出かけだと、嬉《うれ》しげな声をあげた。

「きゅわ、若だんな、お団子欲しい」

「きゅんい、甘酒がいい」

「きゅいきゅい、お饅頭《まんじゅう》好き」

三匹はいつものようにお八つをねだった。若だんなは今日も紙入れを持っていたが、何しろ夜は店が閉まっているし、道に露店の菓子屋とて出ていない。新しい菓子は手に入らぬと見て、若だんなは袖の内へ手を入れた。

するといつも通り、花林糖《かりんとう》が出てきたので、鳴家達へあげてから、月丸にも目を向ける。だが勧めようとして、若だんなはその声を飲み込んだ。

(月丸さんは食べられないんだっけ)

頭では分かっていても、菓子を手にした途端、その事実に一瞬驚く。つまり月丸は、炊《た》きたてのご飯を食べる事も、皆と宴会をする事も出来ない訳だ。

(それって大勢と一緒にいても、かなり……侘《わ》びしい気がする)

仕方ない事だ、諦《あきら》めねばならぬと頭では思う。しかし、ずっとずっと、ずーっと、今日も明日も明後日《あさって》も、目の前に美味しそうなものがあるのに、それを手に取る事も出来ない毎日というのは、一体どういう日々なのだろうか。

（幽霊ってことは、昔、人だったんだもの。あれこれ食べた時の事、覚えているよね）

月丸の前で花林糖を食べる気にはなれず、若だんなは残りを袖の内へしまった。しかし、昼餉《ひるげ》をちゃんと頂いているから我慢出来る気がして、溜息をかみ殺す。

それから道を見回した後、若だんなは一つ気になる事が出来、月丸に相談した。

「どの通りを進んでも、夜はどこかで木戸《きど》に行き当たります。人通りがないから、多分もう閉まっている刻限《こくげん》なんでしょう」

つまり、道を閉ざす木戸の先へ行く為には、木戸番に頼み、一々くぐり戸を開けてもらわねばならないから、結構面倒くさい。番太郎への言い訳も、付け届けの金子《きんす》も必要だ。

よってもし月丸に、やりたいこと、行きたい場所があるのなら、せめて東西南北くらいは間違わずに、足を踏み出したかった。

「月丸さん、江戸で何か望みがおありですか？」

若だんなが問うと、月丸は大きく頷いた。

「何しろ長く庭にいたからな。帰る日があったらと、準備もしてきたよ」

だがそれは、この場でも出来る事だと月丸は言い出した。それから若だんなへ、一番に打ち明けるのだと言い、小声で夢を告げた。

「おれは幽霊だ。しかし化けて出たい訳じゃなし、この姿でいなくとも、いいんじゃないかと思ってさ」

長く長く、何も変わらない日々が続いた後、月丸は思い定めたのだ。

「他の姿で生きてゆくのも、悪くないなって」

何しろ茶枳尼天の庭には、数多《あまた》の妖狐がいて、日々化けていた。人の姿の方が見慣れている者も多かった。

「幽霊にゃ、消える程の身しかない。化けるのも他のものに比べりゃ、楽かと思ってね」

月丸は庭で妖狐にまず、化け方を習った。

「恐ろしく下手だって言われたがねえ。ただ前にも言った通り、時だけはそりゃ、たっぷりあったからさ」

なかなか上手《うま》く化けられず、次は狸《たぬき》に習い、その次は狢《むじな》が教えてくれた。それでも覚えられず、また狐《きつね》に教わったところ、狸より厳しかったので、つい文句を言ってしまった。

「狸とだけは、比べちゃいけなかったんだ。もの凄《すご》く怒られてさ」

怖かったが、幽霊の姿のままでは逃げられず、凧《たこ》に化けて飛んだ。その時以来月丸は、何とか姿を変えられるようになったのだ。

「でね、おれが成りたいもの、なんだが」

この辺にもいないかなと探したので、若だんなが目で追う。するとその時、月丸が何かを見つけて、喜んで近づいていった。

途端、恐ろしく不機嫌で剣呑《けんのん》な声が、聞こえてきたのだ。

「ふにゃうううぅ、ふうぅ」

月下で目を凝らすと、先の路地の物陰にぶち猫がいて、飼い猫なのか赤い首玉を付けていた。何故だか総身の毛を逆立てていたが、猫を見た月丸は嬉しげに語り出す。

「なあ、猫ならば人のように、暮らす為の家は要らない。それにあいつらは、好きな時に起きているから、日中に現れなくったって、不思議に思う者はいなかろうよ」

月丸は幽霊で餌《えさ》は要らないから、鼠《ねずみ》が捕れなくとも構わない。猫として、好きな場所を夜うろつけば、何とか楽しくやっていけるだろうと思ったのだ。

「どこかのお堂でも縄張りにするつもりだ。こう言っちゃなんだが、吉原《よしわら》へ行きたいとも思っているのさ」

「おお、吉原！」

あの町であれば、夜も結構遅くまで賑《にぎ》わっているからという。そして月丸は、透けてよく見えない足下へ目を向けた。

「生きている頃、おれは吉原へも行った」

若だんながにこりと笑うと、月丸は口元に苦笑を浮かべる。

「金がなかったし。綺麗《きれい》な花魁《おいらん》を見て、町を冷やかして歩くだけ。それで終わりだった」

女で身を誤る前に、登楼《とうろう》して女と寝る事すら出来なかったのだ。それから猫へ目を戻すと、若だんなにこう告げた。

「あのな、今から猫に化けてみる。上手くいって、あそこにいるぶち猫と喧嘩《けんか》せずにいられたら、暫《しばら》く猫として暮らしてみるよ」

もしそうなったら、猫の姿のまま若だんなを送るというので、自分には鳴家もいるから心配ないと、若だんなは告げた。

暗くてはっきりしないが、いつも暮らしている町と、大して違うような気はしない。

江戸の内であれば、よくある小さな稲荷《いなり》でも見つけ、そこの狐に長崎屋へ知らせに行って貰う事も、出来るのではないかと思う。

「だから私の事は大丈夫です。月丸さん、頑張って化けて下さい」

若だんなが励ます。

月丸は大きく頷くと、両の足を踏ん張った。そして若だんなと鳴家達、月と猫だけが見守る中、懐から葉っぱを取り出すと、慎重に頭へ載せたのだ。

「狐流だ。大丈夫、幽霊に見えるのを、猫に見えるようにするだけだ。大丈夫」

猫、猫、猫、猫とつぶやくと、眉間《みけん》にくっきりと皺《しわ》を寄せ、必死の表情で手を組み合わせる。そして、とんと飛び上がって空でくるりと回ると、その姿はじきに、夜の闇に紛れるように薄くなって消えてしまった。

途端。

「きゅんい、猫、猫っ、多分猫っ」

鳴家が指さした先に、多分猫と呼ばれたものが現れたのだ。

「おや、上手くいきましたね」

若だんなは励ますような声で、そう言ってみた。しかし公平な目で見れば、月丸猫は少々妙な所もあった。

猫というより、犬ほどの大きさだし、模様《もよう》が虎のようで恐ろしげだ。そして何より、幽霊だという事は変わらなかった為、月丸が化けた多分猫は、何となくぼんやりとした姿をしていた。

「でも猫以外には見えないし。あれなら猫として、暮らしていけるんじゃないかしら」

月丸猫が、そろりとぶち猫の方へ近づいてゆくのを、若だんなが期待を込めた目で見つめる。ぶち猫がそれに気がつき、僅《わず》かに身を起こした。そして。

「ふうううぅ」

低いうなり声を上げ、いきなり威嚇《いかく》したのだ。

「おい、勘弁してくんな。何もしやしねぇよ。触ったりもしねえ。いや出来ねえから」

月丸はそう言ったのだが、ぶち猫は酷く気が立っていた。月丸が更に、あのっと言った途端、一直線に月丸猫へ突撃してきたのだ。

「月丸さんっ」

心配で思わず声が出たが、考えてみれば月丸は幽霊だから、ぶち猫にやられる筈もない。ほっとして猫を見つめ、若だんなはそこで少し首を傾げた。

「あれ、あの首玉……」

その時、ぶち猫は月丸猫を通り抜けてしまい、暫く行った先でやっと止まった。突撃した相手に手応《てごた》えがなかった為か、直ぐに尻尾《しっぽ》を何倍にも膨らませると、そろそろと月丸猫の方へ顔を向ける。そして。

「にぎゃっ」

短い声を残すと、ぶち猫はもの凄い勢いで塀に飛び乗り屋根へ移り、その場から駆け去ってしまったのだ。

「こいつは……失敗だな」

月丸の声がし、やがて月下に薄ぼんやりとした人の姿が現れる。その顔に、泣きそうな笑みが浮かんでいた。

「猫には猫の、感じ方があるみたいだ。おれじゃ、仲間にゃなれないってことか」

苦労して修行したのに役に立たなかったと言うと、月丸の頭から木の葉が落ちる。

月丸は疲れたように道へしゃがみ込んだ。

4

「月丸さん、猫と相性が悪いからって、他のものとも駄目だとは限りません。そうじゃないですか？」

暫く黙って傍らにいた後、若だんなが優しく言うと、月丸は頷き顔を上げた。若だんなは猫が消えた方へ目を向け、眉を顰《ひそ》める。

「あの猫の首玉、月の下でも赤っぽく見えたんです。でも横から見たら、後ろの方は白かった」

変な首玉だと言い、もう一度首を傾げる。月丸は己に気合いを入れ直し、立ち上がった。天の月は今も蒼《あお》いが、位置は変わっている。夜明け前には、見越の入道の元へ戻らねばならないから、余分な時などないのだ。

「とにかく他にも、出来る事がないか試してみなきゃな」

月丸は己が落とした木の葉を拾った。それから、猫以外なら上手くいくかなと言い、今度はぐっと落ち着いて化けたのだ。

「おや、大きな鳥になった！」

鷲《わし》なのか鶴《つる》なのか鴨《かも》なのか、とんと分からない見てくれだが、とにかく飛べるらしい。

「せっかく化けたのだから、この場所がどこであるかを確かめたいですね」

若だんなが月丸に頼んだ。

「月丸さん、出来るだけ高く上がって、周りにある目立つものを、私に教えて下さい」

運が良ければ、月丸が目にしたものが何か、若だんなに分かるかもしれない。

「分かった。若だんな、場所を見極めてくれ」

月丸鳥は一気に、上へと舞い上がったのだ。

「きゅんべーっ、行った！」

鳴家達が高くまで昇った姿を見て、きゃたきゃた嬉しがっている。月丸が、月下に見える四方の夜景を語った。

「そう遠くもない辺りに、そりゃ大きな川がある。橋が掛かってる。あの川、隅田川《すみだがわ》かな」

隅田川なら、昔月丸も行った事があるのだ。その手前に随分背の高い、四角い建物が幾つも並んでいると、声が続いた。橋の少し上、左側に、大きな川へ注ぎ込む、もっと細い川も見える。

「おや、つまり……」

若だんながもしかしてと言った途端、月丸鳥の体が、大きく揺れた。

「ああ、もう駄目だ。これ以上飛べねえ」

月丸は一気に屋根へと落ちてきた。

「ひゃあぁ」

思わず悲鳴が出て、若だんなの顔が引きつる。しかし月丸は、寸前で持ちこたえ、何とか身を打たずに降り立つ事が出来た。

大きく安堵《あんど》の息を吐いた横で、月丸が元の姿に戻る。そして草臥《くたび》れたのか強《こわ》ばった顔で、残念そうに言った。

「ああおれは、鳥になるのも駄目みたいだ。飛べた時は凄いと思ったが。あっという間に落ちちゃ、やっていけねえ。これじゃ簡単に捕まって、鍋《なべ》の具にされちまう」

そう言ったところで、月丸は首を傾げた。

「あれ、幽霊鳥は捕まえられないよな。おりゃあ、鶏肉《とりにく》にもなれないか」

ここで若だんなは、妙な事で悩む月丸に、道の先を指さす。

「でも月丸さん、大成功ですよ。空から隅田川を確かめたんですから」

隅田川には橋が掛かっており、その手前に高い建物が並んでいたという。つまり。

「橋の袂《たもと》にあった四角い建物は、多分両国広小路にある、盛り場の小屋だと思います」

盛り場の小屋は粗末なものだが、大きいのだ。隅田川へ注ぐ細い川というのは、神《かん》田《だ》川《がわ》の事だろう。つまり二人と鳴家達がいるのは、おそらく隅田川の西で神田川の南、町屋が続く場所、神田ではないかと思えた。

「京橋《きょうばし》近くの長崎屋から、随分と遠くへ来てたもんです」

若だんなは、驚きの目で月丸を見る。

「月丸さんが、私をここまで飛ばしたんだとしたら、凄いです。自分で思ってるより力が強いのかもしれないですねえ」

「そうかい？　おれにそんな力があったら、苦労を重ねてねえと思うんだけどな」

溜息交じりの言葉を聞いて笑うと、若だんなは隅田川の場所が分かったので、川沿いに出れば、行った事のある船宿があるだろうと口にした。遅い刻限だが、店へ頼めば舟を出してくれるかもしれない。つまり。

「もしこの先、見越の入道様に縋《すが》りたくなったら、長崎屋へ戻る事が出来ますよ」

「い、いや。まだ……腹はくくれねえんだ」

月丸は首を横に振る。そして他にもやりたいことがあると、急いで言いだした。月丸は、両国広小路の盛り場へ行ってみたかったのだ。

「分かりました。ならば東へ向かいましょう。もっとも夜ですので、盛り場は、昼間とは違うでしょうが」

　一晩つきあうと約束したのだ。若だんなは細かい事は言わずに頷いた。共に道を行くと、行き先が決まり余裕が出来た為か、月丸は、盛り場へ行きたい訳を語り始める。

「実は、おれは昔、役者になりたかった時があったんだ」

　月丸は背が高くて、ご面相も良い。役者に向いていると周りから言われて、その気になった。しかし、つてのつてを頼り、芝居一座へ潜り込むと、否応《いやおう》なしに気づく事があった。芝居で目立つ役をやるには、血筋が大いに物を言うという事だ。

「大人になってから、のこのこ芝居小屋へやってきた素人が、ぽんと役を貰える程、甘い所じゃなかったんだわ」

　それが分かると、ここもまた駄目だったかと、月丸は直ぐに己の敗北を覚《さと》った。生まれは変えられぬ。時は戻せぬ。月丸が舞台の真ん真ん中に立つ事は、金輪際ないと得心し、努力を始める気にもなれなかった。

　若だんなが、苦笑いを浮かべている傍らの幽霊へ目を向ける。

「月丸さんは役者になりたくて、なれなかった。それが心残りで、幽霊になったんですね」

　大戸を下ろした店の前を歩みつつ、真面目《まじめ》な口調で言ってみる。すると月丸は、急にばつが悪そうな顔になって、役者は、失敗した仕事の一つだと言いだした。

つまり月丸の心残りは、役者になれなかった事だけではないのだ。

「おれは小器用《こぎよう》でな、何をやらせても、全く出来ないって事はなかった。それでまあ、色々やったのさ」

親は青物の振り売りで、兄が魚を商っていたから、子供の頃、親からは別の仕事をしなと勧められた。だが継ぐべきものがない。

「どんな仕事でもしていいと言われてもなぁ。却《かえ》って難しかったよ」

とにかく真面目に働きゃ何とかなると、十一を過ぎた頃、月丸は最初の奉公に出た。行った先は、古着屋だ。そこで長年過ごせれば、それなりに商いの事を覚えられたのだろうが、その古着屋は運の悪い事に、三年目にもらい火をして焼けてしまった。

「主にゃ余り蓄えが無かったそうで。店を畳んだんだ」

まだ小僧であった月丸には、己で古着屋をやる程の心得も金も無かった。それで次は両替屋に奉公したのだが、こちらは四年目に、商いに向いていないと主に言われ、辞める事になった。

「おれは算盤《そろばん》だって、そこそこ使えると思ってたんだ。だが両替屋じゃ、そこそこじゃ拙《まず》かったようだ」

さて奉公先を失ったものの、十七という半端な歳《とし》で、しかも四年しか勤めていなくて、両替屋など出来ない。ここで初めて月丸は、大工や左官へ弟子入りし、手に職を付けておけば良かったと後悔する事になった。しかし。

「あの時はまだ十七で、若かったからな。良い男で、おなごからも好かれてたし、そんなに暗くは考えなかったよ」

なに、宵越《よいご》しの金を持つ者は、江戸っ子じゃないなどと言われる世の中だ。何でもいいから働けば、長屋で一人暮らしていくくらい、出来ない事はなかった。

「次の仕事を探して、芝居小屋や見世物小屋など、楽しそうな所で働いた。両国広小路の盛り場で世話になったのは、その頃だ」

結局、小屋の舞台には出られず、月丸は何者にもなれなかった。だが同じように、様々な小屋で下働きをしていた者達は多く、金は無くとも若い日々は楽しかった。両国広小路の盛り場は月丸にとって、良い思い出に満ちた場所なのだ。

「だからもしこの先、夜だけでも盛り場に関わっていけたら、おれは嬉しいよ。そうしたらきっと、暫くお江戸でやっていける」

見越の入道にも、大丈夫だと言えそうなのだ。若だんなは頷《うなず》く。

「とにかく行ってみましょう。この刻限でも、やっている店があるといいんですが」

多くの店は日暮れと共に、店をしまうのだ。何しろ油は高く、灯りをつけるのには金がかかる。夜明けから日暮れまでの間に稼ぐのが、商人の知恵であった。

「寄席《よせ》ならば夜席《よるせき》がある筈です。でも今何時か分からないし、どうかな」

二人はそれでも道を東へゆくと、じきに閉まった木戸が見えてくる。

「さて、こんな刻限に何用で外を行くのか、木戸番に話さなきゃならないですね」

「……面倒くせえな」

騒ぎになるから、連れの幽霊が盛り場へ行きたがっているなどと、本当の事は決して言えない。妙な鳥に化けても、木戸を越えられるのは月丸だけで、若だんなを連れていく事は出来なかった。二人は困ったように、夜の先にある木戸を見つめる。

するとその時であった。鳴家が「きゅんげ？」と言って小さな指を前へ向けたので、若だんなが目を凝らす。

（あれ……？）

木戸脇にある柵《さく》の向こう、かなり先の闇の中を、人影が動いていたのだ。数人以上はいるようで、遅い刻限には珍しい話だ。

（産婆《さんば》さんでも夜釣りでも、夜鳴《よな》き蕎麦《そば》でもないよね）

若だんなが首を傾げていると、更に別の声が、両国広小路の盛り場の方から聞こえてきて、影達はあっという間にいなくなってしまった。代わって、三人連れの男が夜道を歩いてくる。二人は木戸の手前でもう一人へ挨拶をすると、横手の道へ歩み去った。残りの一人は木戸番に声をかけ、あっさり木戸をくぐって、若だんな達の方へきたのだ。

「あ……」

その姿を見て、若だんなはにこりと笑みを浮かべた。

5

「へっ？　えぇっ？　若だんな……長崎屋の若だんなじゃありませんか！」

声を上げたのは、馴染《なじ》みの芸人であった。怪談を得意とする噺家《はなしか》の場久《ばきゅう》で、若だんなや長崎屋の面々とも仲が良かった。その本性は悪夢を食べる獏《ばく》であり、食べた悪夢から仕立てた怪談は、本当にありそうで身も凍ると、大層な評判を取っている。

今宵は寄席の夜席の帰りで、贔屓《ひいき》の客といて、遅くなったのだという。

「若だんな、こんな夜更《よふ》けにどうしてまた、一人歩きなど？　それに神田においでとは、珍しいですね」

心配げな顔で近づいてきた場久は、若だんなの隣に、薄ぼんやりした姿があるのに、気がついたようであった。

だが己《おのれ》も常ならぬものであるためか、番太郎が詰めている木戸番小屋近くで、驚きの声を上げる事はない。場久は二人をさりげなく、横の路地の先へと誘った。

土蔵と、井戸や稲荷に挟まれた猫の額ほどの場所へ出ると、ちょいと草臥れてきた若だんなは壁にもたれ、事をかいつまんで話した。場久は月丸へ目を移し、両の手を組むと考え込んでしまった。

「幽霊である月丸さんの、一夜の頼みねえ」

若だんながつきあうと約束したのであれば、場久があれこれ口を出す事ではない。しかし長崎屋の兄や達の怖い顔が目の前をちらつくと言って、場久は顔を強ばらせた。

「ここは長崎屋から離れてますんで、兄やさん方は、まだ探しに来てないんでしょう。でも早めに帰らないと、心配しますよ」

「うん、約束を終えたら、直ぐに帰るから」

若だんなが真面目に言うのを聞き、今は帰る気がないと分かったのだろう。場久は直ぐに二つ、腹を固めた様子であった。

一つは、己もこの夜歩きに同道することだ。

「あっさり帰ったら、何で若だんなを置いて行ったのかと、兄やさん方から長崎屋への出入りを止められます。困りますんで」

最近場久は、離れに現れては、屏風のぞきや鳴家達と一緒に、食事などしてゆくようになっているのだ。悪夢を食べるのに忙しく、寄席に出られず金が無くなると、結構まめに来ていた。

二つ目は若だんなと共に、場久も月丸へ力を貸すことだ。そうすれば、月丸と若だんなとの約束は終わり、早くに長崎屋へ帰れるからだという。

場久は、改めてきちんと月丸に挨拶《あいさつ》をし、同道の了解を取る。そして月丸が望むのなら、一回夜の盛り場を見ておくのもいいかと、二人を連れ、元来た道を戻る事にしたのだ。

すると月丸が期待を込めた目で、両国で働いている場久を見た。

「あの、おれも働けるかな。おりゃ幽霊になってから、狐や狸、狢に、化け方を習ったんだよ。その力を盛り場で生かせないかな?」

技を使い働けないものかと、月丸は口にしたのだ。だが場久は渋い声を出した。

「あのですね、幽霊がお江戸で働くのは……なかなか難しいんですよ」

妖《あやかし》よりずっと大変であろうと、場久は言う。何しろ夜しか現れる事が出来ない。しかも幽霊ゆえ、人が月丸を触る事も、月丸が人を触る事も無理であった。

「時が限られる事より、触れない事の方が大きな問題でしょう」

「やっぱりそうか」

若だんなが息を吐くと、場久はちらりと月丸を見た。

「月丸さん、あたしがお前さんを、見世物小屋の主に紹介したとします。化けられるとくりゃ、直ぐに客へ芸を見せて欲しいっていう話になるでしょう」

だがその時、よろしくと主に肩を叩かれたら、どうする気なのか。手はすかりと月丸の体を突き抜け、大騒ぎになる。

「下手をすりゃ、月丸さんはお経か何かで縛り上げられ、見世物にされちまいますよ」

だから。

「お前さんが見世物小屋へ出るのは、無理でしょう。盛り場へ行くのは構いませんがね、そのことは承知しておいて下さいな」

「でもそれじゃ、おれは大概の仕事が、出来ないじゃないか」

月丸は半分泣きそうな顔になると、若だんな達を置き、すたすたと歩いていってしまった。行く先は先程の木戸と分かっているから、止めはしなかった。その背中が強ばって見えて、若だんなは声を掛けかねたのだ。

(月丸さんに、江戸で今からやっていける場所が、あるんだろうか)

墓場に住み、ただ人を騒がせないようにして、花火や夜店を見て歩くだけの日々なら、早々に飽きてしまいそうだ。第一それならば神の庭に居続けた方が、余程心安らかに過ごせそうであった。

その時若だんなが、ふとつぶやく。

「月丸さん、どうして戻ってきたんだろ」

「はい？　何か言われましたか、若だんな」

「場久さん、月丸さんはどうして、神の庭から来たのかなと思って」

幽霊として、一人夜をすごすのが辛《つら》くて、一旦《いったん》江戸から庭へ行った筈《はず》なのだ。だが、戻った。

「猫に化けたって鳥になったって、他の妖とは違う。形はどう化けても、本性は幽霊のままだもの」

月丸がそのことを、分かっていないとは思えなかった。妖狐達が、化ける術を教える時、言わなかった筈がないのだ。

「なのに、江戸へ戻った」

長く神の庭にいたのだから、江戸の知り人も代替わりしている筈で、誰かに会いに来たようにも思えない。月丸が本心求めているものとは、一体何なのだろう。

「……分からない」

若だんながつぶやいた、その時であった。

闇の先から、月丸の怯《おび》えた声が聞こえてきたのだ。一瞬、目を見合わせた若だんなと場久が、木戸前へ慌《あわ》てて駆けていった。

途端。

「こいつは……」

場久がぶるりと身を震わせ、足を止めてしまった。若だんなは木戸へ近寄り、木柵の隙間《すきま》の向こうを見て、言葉を失う。

(あれは……ここの木戸番だろうか)

明るい月の光が照らしているのは、肩口をべっとり赤く染めて倒れている、老爺《ろうや》の姿であった。うつ伏せ故《ゆえ》、顔は見えない。生死も知れない。一体誰が年寄りの木戸番を、斬《き》らねばならなかったというのか。

「ひ、人を呼ばなきゃ」

そう口にした時、別の考えが頭を過《よ》ぎり、若だんなは顔が強ばるのを感じ、動けなくなった。まず思い出したのは、先に月丸が向き合ったぶち猫の姿だ。

「月丸さん、さっき出会った、あのぶち猫の事だけど……」

「猫？　若だんな、こんな時に何を言い出すんです？」

場久が声を絞り出す。若だんなは構わず続けた。

「月丸さんがさっき、ぶち猫を見つけたんだ。首玉を付けてたけど」

最初は赤い首玉だと思っていた。しかし横から見ると、後ろの方は白かったのだ。

「猫の首玉。あれ……半分、血に染まってたのかもしれない」

猫を抱いていた誰かが血にまみれることになり、その時、猫の首玉へも血が飛んだのではなかろうか。それであのぶち猫は、寄ってくるものに酷《ひど》く気を立てていたのだ。

この明るい月光の下で、人を殺し、逃げている者がいるのかもしれない。すると更に、剣呑な話が頭に浮かんでくる。

（そうだ、今、広徳寺に近い北の方じゃ、小さなお店《たな》へ押し込んで、人を殺す者達がいるって話だった）

だから親を失った子が増えており、寛朝は世話で忙しいのだ。

（これは……拙いね）

若だんなはそろりと、木戸の向こうにある町並みへ目を向ける。声をぐっと落とした。

「さっき、場久さん達が現れる前に、この木戸から見える先に、誰かを見た気がした」

数人いたと思った。しかし道の向こうから場久達の声が聞こえてきたら、闇《やみ》に気配が溶けてしまったのだ。

「顔を見ましたか？」

「ううん。遠目だったし、夜だもの」

そして夜歩く者は多くはなく、人の声を聞いて姿を隠す輩《やから》は、もっと少ない。そしてこの木戸で番太郎が殺されている。

というこことは、もしかして……。

「そいつらが、噂《うわさ》の押し込みじゃないかな」

何度も悪事を繰り返している輩だ。今宵も金のために、人を殺したのかもしれない。まだこの辺にいるかもと、場久が言いかけた、その時。

「若だんな、危ないっ！」

「ひいっ」

月丸の絶叫と、若だんなの悲鳴が重なった。倒れた木戸番に気を取られていて、分からなかった。木柵の反対側から手が湧《わ》き出ると、若だんなの胸ぐらを摑《つか》み、強引に柵へ引き寄せたのだ。

月光の下、眼前に刃物が光っているのを、若だんなは見てしまった。

6

「ふぎゃああああっ」

「きゅんげーっ」

闇を渡る叫びと共に、出来損ないの虎のような姿が、木戸へ突進した、同時に、若だんなの胸元にいた鳴家達が三匹揃《そろ》って、思い切り、若だんなを摑む手へ嚙《か》みつく。

「うわっ」

いきなり現れた虎に嚙まれたとでも思ったのか、男が若だんなを離した。その時を逃がさず、場久が必死に若だんなの手を引き、夜の中へ逃げ出す。

剣呑な刃物男の前に、閉まったままの木戸があった事が、若だんな達を救った。

「逃げなくては。ああ、盛り場は木戸の向こうだから行けません。あっちなら若だんなを連れて、逃げ込める先があったのに」

場久と若だんな、月丸は、とにかく木戸から離れる為、西へ向かった。だが直ぐに、いい加減疲れていた若だんなの足がもつれる。場久が辺りを見回し、北を指さした。

「神田川が近い筈です。舟でも調達出来りゃ、若だんなに休んで貰《もら》える」

三人で川端へ急ぐと、小さな橋の袂に何艘《そう》か、もやってある。若だんなは、明日船賃を払うと言い、皆と手前の舟へ乗り込んだ。

「場久さん、舟、漕《こ》げる？」

「やったことはございやせんが、漕がなきゃ殺されそうですからね」

不器用でも、何とか川面《かわも》へ出ると、三人はしばしほっとする。だが神田川を西へ行くとなると、長崎屋とは益々離れる事になった。

そして若だんなは、暗くてよく見えない川下へ、不安げな目を向ける。

「もし、あの男達が舟で川を追ってきたら、私達は追いつかれそうだ」

「じゃあこの先、どこへ行きやしょうかね」

場久が顔を顰《しか》めたその時、「おい」と月丸が短く言った。若だんなの不安が形を取ったかのごとく、舟を漕ぐ櫓《ろ》の音が、微《かす》かに聞こえてきたのだ。

「こんな夜、舟に乗ってる奴《やつ》は……さっきの奴らかねえ」

顔が引きつってくる。早めに舟を下りるしかないようであった。

「きゅんべ」

鳴家達が怖そうに鳴き声を上げる。

するとここで、小鬼の三つの顔を見て、若だんなが行き先を思いついた。そこにも鳴家達が、沢山住んでいたからだ。

「広徳寺だ。寛朝様のおいでになる寺だよ」

神田川からは大分歩かねばならないが、上野の寺であれば、京橋近くの長崎屋よりはぐっと近い。あの寺なら若だんな達をかくまってくれるし、人殺し達も山門をくぐるのは、躊躇《ちゅうちょ》するに違いない。それに月丸が幽霊でも、あの寛朝ならば大して驚かない筈であった。

「舟を北の岸へ着けよう。ああ、そこの橋の袂に、小さな桟橋《さんばし》がある」

ここで若だんなは鳴家へ、先に屋根や影を伝い、広徳寺へ行けるかと問うた。広徳寺ならば何度も、鳴家達は行った事があるのだ。

「寛朝様に、怖い人斬りが現れたんで、若だんなが寺へ逃げてくるって伝えられる？」

「きゅいきゅい！」

力強く頷くと、二匹の鳴家が先に舟から桟橋へ飛び降り、闇の中へと消える。舟を杭《くい》に結びつけると、近づいてくる水音に急《せ》かされるように、若だんな達も北へと急いだ。

足がもつれる。息が上がる。何もなくとも寝込みがちな若だんなは、夜を彷徨《さまよ》ったあげく賊に追われて、いい加減倒れそうになっていた。

しかし万一若だんなが斬られたら、若だんなを引き回した月丸は、江戸にも神の庭にも、居場所がなくなってしまう。兄や達が月丸を許すとは、思えないからだ。

「死ぬわけにもいかないねえ」

すると場久のように、若だんなの手を引く事が出来ない月丸が、「済まねえ」と申し訳なさそうに口にする。若だんなは必死に歩みつつ、それでもにこりと笑った。

「月丸さんはさっき、私を助けてくれたじゃないか。鳴家と一緒に、木戸のところで」

虎が吠え鳴家が嚙みついてくれた。そのおかげで若だんなは今、命があるのだ。

「ありがとうね。助かった。月丸さんがいてくれて良かった」

手でもぎゅっと握りしめ感謝したいが、月丸には触れられないので、気持ちを込めて言う。すると月丸は不思議な事でも聞いたかのように、若だんなへおずおずと笑顔を向けた。

「おれがいて、良かったのか。そうか。ま、ありゃ虎じゃなくて、猫だったがね」

はにかむ月丸の横で、場久がふっと顔を顰め、また後ろへ目を向ける。舟が川岸にあったから、逃げた先が分かってしまったのだろうか。何とはなしに気配がついてくるのだ。

「剣呑な奴らだ。何で爺《じい》さんの木戸番なんか、斬ったんだか」

「多分、先に猫の飼い主を殺して……きっと大勢殺してて、返り血を浴びてたんだ。その姿を、木戸番に見られたんじゃないかな」

夜の闇に紛れ悪事をなす者を通さぬ為、江戸の町にはあちこちに、道を塞《ふさ》ぐ木戸がある。勿論《もちろん》、壊れている所もあるが、悪人には邪魔な場所だ。何しろ木戸には木戸番がいるのだ。

そして顔を見られた故、奴らは若だんなの事も、逃がす気はないのだ。

「ああ、気配が消えない。しつこい奴らですね。こりゃ、相当とんでもない事をしたんでしょう」

場久はこぼしつつ、必死に若だんなの手を引いてくれている。広徳寺を知らず、一匹残った鳴家も「きゅわきゅわ」鳴いて、励ましてくれた。だが、それでも若だんなは倒れそうで、顔を引きつらせる。

「気配が、近づいてきてるね」

そんな中、唯一《ゆいいつ》良い事は、連れが妖達だということだ。いざとなったら皆、影の内に逃げられるし、そもそも幽霊である月丸を斬る事など、出来はしない。

(だけど私は……本当に危うい)

そう思ったから、若だんなはどうしても聞いておきたかった事を、今の内に月丸へ尋ねてみた。もし斬られたら、返答を聞く事も叶《かな》わなくなる。

「ねえ月丸さん。古松さんが目指した荼枳尼天様の庭は、良い所じゃないの？　どうしてまた、江戸へ戻ってきたのかな」

幽霊になったということは、成仏《じょうぶつ》出来なかったということだ。月丸には、あの世へ旅立てぬ程の、心残りがあった筈であった。

「いや、今もあるんだよね？」

だから幽霊のままでいる。そしてそれ故に、神の庭にいることも出来ず、江戸へ戻ってきたのではないのか。

「月丸さんの心残りは、何？」

直《す》ぐに返答がなかったので、言えぬことかと、若だんなが言葉を切る。その時、静まった夜の道から、思いの外大きな足音が迫ってきた。

「来る」

若だんなは辺りへ目を向け、逃げ込む先を探した。しかし塀が両側に続き、都合の良い道など目に入らない。いよいよ追い詰められた事が、分かっただけであった。

「きゅんい？」

先に逃がしておこうと、鳴家を懐《ふところ》から出して、ひょいと近くの塀の上へ放った。途端、上で「きゅいきゅい」という声が幾つかして、他の鳴家達が近くにいると分かる。

（長崎屋の鳴家じゃないね。声が違うもの）

驚いている間に、足が止まった。若だんなの直ぐ側に、闇の中から、五人もの男が湧いて出てきたからだ。

（追いつかれた！）

五人の手に、刃物が光っている。月丸が虎猫に化け、若だんなの前で踏ん張る。しかし男達に真っ直ぐ斬りかかられたら、月丸には防ぐ事など出来ないのだ。

両親と、兄や達と、長崎屋の皆の姿が、目の前に浮かんだ。

7

この時、塀の上の鳴家達が、「ぎゅわーっ」と一斉に大きな声を上げた。

剣呑な男達は驚いたのか、刃物を構えたまま、寸《すん》の間《ま》動きを止める。すると。

夜道の先にぼんやりと、別の姿が見えてきたのだ。丁度思い浮かべていた親以外の皆が、突然、団体で若だんなの前へ姿を現してきた。

「あ……れれ？」

まずは兄や達が、あっという間に若だんなの側《そば》へ駆け寄る。

「仁吉に佐助……幻かな、屏風のぞきに鳴家、守狐《もりぎつね》までいるよ」

ここで兄や達は、己らが幻ではないことを示し始めた。要するに、事もあろうに若だんなへ刃物を向けていた阿呆《あほう》を、伸《の》しにかかったのだ。

「今宵は心配が重なった。こいつで憂《う》さ晴らしだっ！」

そう宣言した途端、佐助は眼前に突きつけられた刃物を、へし折った。

「憂さ晴らしとは、名案だっ」

仁吉も声を揃えると、佐助が全員を叩《たた》きつぶしてしまわぬ内にと、さっさと拳《こぶし》を振るってゆく。あっという間に三人が倒れ、兄や達は大いに物足りぬ表情を浮かべた。もっとも相手は五人いた上、知恵の回る奴らであったようで、直ぐ後ろにいた者達が、若だんなが弱しと見極め襲ってくる。

だがしかし。これは最悪な選択であった。

「我らの目の前で、若だんなに手を出すのかっ」

やっと見つけた若だんなを、これ見よがしに襲った輩は、何も言い返さぬ間に、仁吉に高く高く放り投げられる羽目になった。運悪く塀の上へ背から落ちたその者は、うめいている所を鳴家達に取り囲まれ、ぺしぺしと小さな手で叩かれた。

最後の一人は、狐の団体にやられた。

「こやつ、血の匂《にお》いを濃く漂わせてるぞ。気に食わぬな」

よって狐達も遠慮なく爪《つめ》を使い、尾で殴る。夜にびしりと音が響くと、見得を切った狐の前で、男が倒れていった。

「ううむ、久々に決まったわ！」

笑うような声が聞こえてくる。気がつけば、あれほど恐れた男達は、あっという間に皆に伸されていた。

「あ、ああ。みんなと行き会えたんだ。本当なんだ」

若だんなが仁吉に飛びつく。こちらは人斬り達と違って、ふわりと受け止めてくれた。

「若だんなが見越の入道様の、特別な巾着《きんちゃく》へ落ちたので、我らは皆で探しておりました」

何しろ幽霊を、江戸へ連れて行かねばならなかった。それで見越は荼枳尼天様から、妖《あや》しの者をいれておけるという、特別な巾着をお借りしていたのだ。だがまさかその巾着が、若だんなを飲み込んでしまうほど変わった品だとは、誰も思っていなかった。

二人は長崎屋の近所では見つからず、遠くへ行ったのかと、狐と鳴家達は数に任せて方々へ散った。だが他の妖達が無闇と歩き回っても、仕方がない。それで鈴彦姫や入道には、引き続き長崎屋の周りを探して貰う事にし、残りは上野の広徳寺へ向かったのだ。

「若だんなが北の方にいた場合、寛朝様を頼って行かれるかもしれないと思いまして」

若だんなは幽霊と共に消えたから、頼れる先は限られる。寛朝は妖達の事を心得ている、数少ない人なのだ。

それに広徳寺には寺の鳴家達がおり、たまに妖も姿を見せる。その力も借りようと、兄や達は考えていた。ところが。

「寺で御坊《ごぼう》と話していると、鳴家が二匹、飛び込んできたのです」

兄や達は若だんなを救おうと、広徳寺を飛び出したという訳だ。

「ああ、それで助かったんだ。ありがとうね。命拾いをしたよ。本当にありがとう」

若だんなは、ようよう助かった事を得心すると、皆へ深く頭を下げる。

「止《よ》してくれよ。照れくさい」

男達がまた妙な事をしないよう、目にぐるぐる手拭《てぬぐ》いを巻いていた屏風のぞきが、ぶっきらぼうに返した。若だんなが見ると、ちょいと得意げな顔をしている。

ほっとした途端、若だんなは足をふらつかせた。だが、ぐっと踏ん張ると、次に斬られた木戸番の事を妖らへ告げた。

「あの老人を置いてきてしまった。助けておくれな。こいつらは他にも、人を斬ったみたいだけど、そっちは場所が分からないんだ」

ぶち猫が、血付きの首玉を付けていたのだ。見た大体の場所を教えると、狐達が何匹かひょいと頷き、夜道の先へと駆けていった。

「我らは人に化けられます。若だんなが心配なさるから、怪我人《けがにん》を見つけたら、医者へ連れていきますよ」

ここで月丸猫が、ただの幽霊に戻る。そして、ちょいと残念そうに言った。

「おれと若だんなが突然、妙な場所へ落ちたのは、あの巾着が入道様の特別な品だったからか。おれの力が強かったせいじゃや、なかったんだな」

すると妖狐が一匹寄ってきて、当たり前だと月丸の頭を叩こうとして、拳固《げんこ》がすかりと体を通り抜けた。

「そもそも、月丸さんに素晴らしい力があったら、あの賊達を己でやっつけてた筈だ」

それから説教がはじまりそうであったが、若だんながまたよろけたので、まずは広徳寺へ引き返そうと仁吉が言い、皆で寺へと向かう。

剣呑な男達は、放って置くことも出来ず、縛って連れて行ったものの、妖達が面倒くさがった。よって夜道の途中で見つけた自身番に、血の付いた刃物と一緒に放り込んだところ、一騒ぎ起こった。

首玉を赤く染めた猫の飼い主は、油問屋大梅屋《おおうめや》で、隠居夫婦と番頭が殺されたと分かった所だったのだ。

「今狐が一匹戻って来て、木戸番の老爺は生きてると言いました。誰がどう刃物を振るったか、あの爺さんに子細を聞くよう伝えときましたんで、大丈夫でしょう」

妖狐達が、夜道で勝手に納得している。若だんなは、ものを言う気力もかき集められず、佐助の背に負ぶさっている内に、まぶたが落ちた。そしてじき、皆の声が遠くなってしまった。

「大丈夫ですか」という声が聞こえたので、若だんなが目を開ける。広徳寺へ行き着いたらしく、門前に寛朝の弟子秋英の心配顔があった。仁吉が頷き、「きゅんいー」という鳴き声と共に、先に広徳寺へ行った鳴家達が門から降りてきて、袖内《そでうち》へ戻ってくる。

広い広い広徳寺の庭を辿《たど》り、寛朝の部屋まで行き着くと、驚いた事に、長崎屋にいる筈の見越の入道が寛朝の横に座っていた。

おまけに、一体どういう手妻《てづま》を使ったのか、守狐達が若だんなに食べさせるのだと言って、温かい汁やいなり寿司、煮染《にし》めに卵焼きまで用意し、火鉢や盆の上に並べている。何故《なぜ》だか酒まで現れ、若だんなは隣に座る仁吉に支えられつつ、少し燗酒《かんざけ》を含んだ。ほっとする暖かさであった。

寛朝や秋英は、妖が見えると分かっているので、守狐は遠慮もなく狐姿でうろついているし、鳴家達も沢山現れ、屛風のぞき達まで堂々と座っている。寺の一室は、誠に奇妙な眺めとなっていた。

今夜の騒ぎの主《ぬし》月丸は、皆を手伝う事も出来ぬ故に、ただ不思議そうにその光景を見ていた。

「ここはお江戸の筈だけど。でも何だか、神の庭にいるような心持ちだ」

人が住んでいる所にしては、随分居やすい場所ですねと、感心したように言う。その声を聞き、いなり寿司と酒を貰った屛風のぞきが月丸をはたこうとし、やっぱり手が空を切る。だが、文句だけはしっかり言った。

「大体、月丸さんがいけない。幽霊のくせして江戸で暮らそうとするものだから、こんな騒ぎになったんだ」

しゅんとした幽霊へ、般若湯《はんにゃとう》を手にした入道が、落ち着いた眼差《まなざ》しを向けた。見越の入道は、若だんなが尋ね、まだ答えを聞いていない問いを、月丸へ改めて向けたのだ。

「のう月丸。お前さんが成仏せず、幽霊になった訳は何なのかな？　それは今回、この江戸へ戻って来たことと、関係があるのか？」

月丸は、死んでもあの世へ旅立てず、幽霊になっても、神の庭に居続ける事が出来なかった。その心残りが、今回の騒ぎへと繋《つな》がった。そして皆が二人を、夜の江戸中、探し回る事になった訳だ。

「大騒ぎであったよ」

だからその大元を、皆は知りたい筈だ。

「月丸の心残りは、何じゃ？」

重ねて問われて、月丸は下を向く。ちらりと入道を見て、言いにくそうにしている。

それでも、話し出した。

「生前おれが、古着屋にも両替屋にも、役者にも成れなかった事は、さっき若だんなにゃ、言いましたよね」

「あ……うん」

ついでに月丸は、猫にも鳥にも成れないと、今夜分かった。

「役者までしか言いませんでしたが、おれは岡っ引きにも船頭にも、絵描きにもなりたかった。だが、全部駄目だったんです」

色々な仕事の下っ端になった事はあるし、弟子入りもした。しかし共に働いていた弟子の内、別の誰かが船頭や絵師になっていったのだ。いつも月丸ではなかった。

それでも月丸は食う為、あれこれ働いてはいたから、何とか長屋で暮らせた。だからその内、嫁さんを貰いたいと思ったのだが……貧乏人でも落ち着いた暮らしの男へ、縁談は行ってしまう。そっちの縁も、月丸は得られなかったのだ。

「大事な人がいねえ。張り合いがねえ。先々に望むものがねえ。明日やりたいこと、やれる事がねえ」

若いから何とかおまんまは食べられたが、それ以上は手に入らない。三十路《みそじ》が近くなれば、周りにいる同じくらいの歳《とし》の者は、子を育て己の商いを始め、苦労はそれぞれだが、やりがいと張りを持っていた。

「ああ、おれには見事に何もない。そう思っていたとき、病にかかっちまって」

このまま死んだら、本当に、何の為に生まれてきたのか、訳も分からないなと思ったら、満足に死ぬ事すら出来なかった。月丸は幽霊になっていたのだ。

おまけにそんなものになってすら、月丸には居場所がなかった。幽霊として一人夜をすごすのになじめず、神の庭へ逃げた。その地では邪魔にはされなかったが……落ち着けないと知った。

「庭には、狐《きつね》も狸《たぬき》も狢《むじな》もいました。他にすることはなし、化ける術を習いましたが」

しかし幽霊は幽霊で、化けても変わらなかったのだ。

「もう、何にもなれない気がして」

明日がない。息すら出来ない気がした。実際月丸は、幽霊で病にもならないはずなのに、己の姿が薄くなって来ている事に気がついたのだ。

「おれ、消えかかってます。驚いたね……幽霊でいることすら出来なかったんだ」

最後かもと思ったら、江戸へ戻りたくなった。つまりそういう訳で帰ってきたのだ。

「あげく、ご迷惑をおかけしました。済みません」

月丸が、一段薄くなったように見え、若だんなが表情を強《こわ》ばらせる。その時入道は寛朝と、ちらりと視線を交わし、掌を前へ出した。月丸が手の上にあるものを見て、首を傾《かし》げる。

「これはな、若だんなが黄泉《よみ》の途中から持ち帰った銭だそうだ」

この世のものではないから、あちらへ戻ろうとする。あの世まで倒れず転がっていくようで、以前亡《な》くなった母親を探している子が、この銭に付いて行ったと入道は話した。

黄泉、あの世まで行った訳だ。

「幽霊でいることが辛いのなら、この銭の後を追えばいい。ちゃんと亡くなって、生まれ変わるというのも良い考えだ」

月丸は、己は何にも成れなかったと言ったが、つまりそれは、悪党にも成らなかったという事だ。大丈夫、消えずに生まれ変われるだろうと、寛朝は話した。

「次は猫や鳥になれるかもしれないぞ」

するとふ。入道の持つ銭を見て、月丸は何とも素直に頷いたのだ。だが、黄泉へ行ってもいいという月丸の口からこぼれ出たのは、泣きそうな声であった。

「ああ、やっぱりおれは、おれのままじゃ駄目なんですね。後は死ぬしかないんだ」

いや、もう死んでいるかと言い、薄い影のような涙をこぼす。涙は流れはじめると止まらない。ぽろぽろ、ぽろぽろ、まるで月丸そのものを溶かしていくかのように、流れ続ける。

若だんなはそれを見て、歯を食いしばった。

「月丸さん、あの世へ行きたくなかったら、行かなくてもいいんだよ！」

いつになく歩き、酒をなめて重くなっていた身を、若だんなは必死に起こした。そして、見越の入道を睨《にら》む。月丸を見てから、皆へ顔を向けた。

「月丸さんは、消えたら悲しいと思ってるんです。黄泉へ行けとは、あんまりです」

「わしは、行けとはいっておらぬ。だが、当人が行っても構わぬという。実際消えかかっておる。己以外の者が、どうやってそれを止めるというのだ？」

見越が、じっと月丸を見た。若だんなをも見つめた。

「行くなというなら、若だんな、どうする気かな？」

若だんなは即答出来なかった。直ぐに分かるものなら、月丸と一緒にいる内に、考えを話している。でも、このまま行かせるのは、酷く酷く嫌であった。

「役立たずならば消えてもいいというなら、誰より私が真っ先に、消えてしまいそうだ」

体が弱くて、長崎屋を背負うには酷く頼りない、実際役に立っていない若だんなが。すると。その声を聞いた妖達は、大いに騒ぎ出したのだ。

「おい、入道さんよ。若だんなを消してこの金次の気に入りの場所を、無くそうっていうのかい？」

「そんな話はしとらんよ」

「きゅい、月丸と若だんな、違う。似てない」

「大体月丸が悪い。何で役に立たないからって、消えるんだ？　堂々と役に立たないまんま、いりゃいいのに。鳴家だってちゃんと生きてるぞ」

「ぎゅい、阿呆な屛風のぞきへ嚙みつきーっ」

ここで場久が、おずおずと月丸へ問うた。

「あのぉ月丸さん、どうやったら、この世に止まれると思うんですか？」

場久が問うと、月丸は身を小さくした。

「その理由を思いつけたら……きっと」

妖達はすぐに、月丸がどうしたら役に立つかを、あれこれと語り始める。

「きゅい、幽霊を描きたい絵師の手本になる」

「夏に化けて出て、皆を涼しい気持ちにする」

「こっそり倉へ忍び込んで、お金を貰う。あれ、金に触れねえか」

「寛朝様にこき使われる」

ここで若だんなが、手を打ったのだ。

「あ、そうか。広徳寺だ！」

そして見越の入道と寛朝の方を向くと、こう話を切り出した。

「入道様、寛朝様は今、とてもお忙しいんです。うちの妖達を、時々手伝いに呼ぶくらいでして」

「ああ、その礼として、柏餅《かしわもち》を長崎屋へ届けたんだな。妖達を借りるとは、それは御坊、凄《すご》いね」

人の身でよく使えるものだと、入道が笑う。

「いやその、入道殿。妖でなくてはとても対応出来ぬ、とんでもない人や品が、時々広徳寺にはやってくるのですよ」

憑《つ》かれたものが多いのだと、寛朝が言い訳している。若だんなは、ならば忙しい寛朝へ、ずっと手を貸しましょうと言った。

「おお、本当か？」

「ただし、長崎屋の妖達はやりません」

長崎屋の面々に、広徳寺へ行きたい者はいないのだ。ならば、誰をやるか。

「寛朝様、月丸さんを手伝いとして、この広徳寺に置いて下さい。月丸さんは昔、岡っ引きにもなりたかったのだから、調べごとなど出来ますよ」

「はぁ？　若だんな、無茶を言わんでくれ。この寺に幽霊の手伝いを置けというのか」

寛朝と月丸が揃って驚いている間に、若だんなは秋英に紙を用意してもらい、一気呵成《かせい》に筆を進めだした。

直ぐに三十路ほどの、ちょいと気取った風な男の姿が、足下の墨も薄く描き上がる。若だんなは家の内で出来る事なら、達者なものであった。

「おお、これは良い出来だ」

入道が褒めると、描き上がった絵を、後で表具して欲しいと若だんなは願った。それからにこりと笑い、月丸へ、この絵に憑けと促したのだ。

「幽霊として広徳寺に居るんなら、どこかにとっ憑いている方が安心だろうから」

「おいおい、まだ了解しておらんぞ」

戸惑う寛朝に、若だんなは言い返した。

「妖の手伝いが、幽霊に変わるだけです」

月丸は、何者でもなかった事が苦しいのだ。身を失う程に嫌だったのだ。ならば。

「居場所を作ってしまえばいいです」

この広徳寺ならば、幽霊月丸の住処《すみか》としては申し分がない。忙しいだろうから、月丸はきっと毎日に、張り合いをもてる筈であった。

「多分猫や、多分鳥に化けずとも、月丸さんは月丸さん。丈夫な幽霊になれますよ」

そう言ってから、若だんなは幽霊に丈夫という言葉が当てはまるものか、首を傾げる。すると魂消《たまげ》たまま、言葉が続かない僧達の前で、まず妖達が早々に事を了解した。

「おお、若だんな。そういうふうに話を持っていきますか」

仁吉がぽんと手を叩き、佐助も頷く。屏風のぞきが、にやっと笑って月丸を見た。

「まあこの寺なら、夜歩くのを見られたって、騒ぎが起こる事もない。寛朝様の所に来る品にゃ色々あるって皆、分かってるからな」

幽霊だから、物に触れられなくて不便だろう。だが広徳寺には山と鳴家がいるゆえ、手伝わせればいい。そうして暮らしている内に、それでも江戸に飽いたとなれば、月丸は己で銭を転がし、黄泉に行けばよいのだ。

「己の最期《さいご》を、人に言われて決めるのは駄目だ。己で決めな」

仁吉と佐助、鳴家達が揃って頷いた。

「月丸さん、暫《しばら》くこの寺に厄介になれよ」

月丸は目を見張り、寛朝はもっと驚いている。だが入道が先に納得し、若だんなの手を取った。

「皮衣殿へ、これで報告が出来る。古松は戻った。月丸は出て行った訳だ」

その一言で、何となく事は定まってしまったのだ。若だんなが月丸に笑いかける。

「良かったね。これで月丸さんは、広徳寺の大事な幽霊だ。勝手に消えちゃ駄目だよ」

「きゅい、きゅい」

「……私は、寺で働くんですか」

長く生きた幽霊にも、思いも掛けぬ明日が来るものだと、月丸が言う。それから、おずおずと寛朝へ目を向けたので、高僧は一つ腹をくくる事になった。

「これで忙しさが減るというのなら……手伝いが幽霊でも、構わぬか。鳴家のように、わしの飯を食べたりはせんだろうし」

若だんなは笑いだし、狐達はさっそく宴会だと言って酒を回し始めた。

「明日はゆっくり起きればいいですからね」

兄や達が勝手に若だんなへ言い、横で寛朝が、幽霊に出来る事、出来ない事を、月丸に聞き始める。入道が、月丸を任せるのだから、時々寺へ礼をしようと言うと、寛朝は急に明るくなった。

鳴家達が寺の堂宇《どうう》を駆け、元気に卵焼きの取り合いを始める。若だんなは笑ってそれを見ていたが、直ぐに眠くなって、佐助の膝《ひざ》に頭を載せた。

終

若だんなと兄《にい》や達二人の、約束の半年が過ぎた。

結果からいえば、若だんなは今日も寝付いていた。この半年の間、無理して働いたし、恋に巻き込まれたし、栄吉への心配は止まらなかった。おまけに心痛を抱えて離れから出かけ、災難にもせっせと巻き込まれてしまった。何度も伏せったあげく、皆へ山ほど心配をかけたのだ。

よって当然、毎度の事ながら、今若だんなは病人の見本のように、伏せって熱を出し総身《そうみ》が痛くなっている。今日など、心配顔の妖《あやかし》達に囲まれたまま、立ち上がる事すら出来ない始末であった。

しかし、だ。

今回は当の兄や、仁吉までもが若だんなに気を揉《も》ませたのだ。だからもしかしたら、苦ぁい薬は出てこないやもしれないと、小鬼達は言う。

いやいや、長崎屋へ帰宅後、佐助が仁吉をぶん殴ったが、それはそれ。仁吉は天下一品、苦い薬湯を作るに違いないと、屏風《びょうぶ》のぞきは金次へ話した。

さて。

さてさてさて、どうなるか。

妖達は離れで興味津々《しんしん》、食事の膳《ぜん》を見張った。運ばれてくる食事に、医者の源信が出したものではない薬があるかどうか、見ていたのだ。

そして。

夕刻の膳に、薬湯は載っていなかった。

ただし薬は、若だんなの前に現れてしまった。

薬は一抱えもある、大きな金魚鉢のようなものに入っていたので、膳には載らなかったのだ。

「中で鳴家《やなり》が泳げそうなくらい、大きな鉢だね」

畳の上にどんと置かれたその薬を見て、若だんなは飲むしかないと悟った。しかし勇気をかき集める間が必要だったので、しばし薬湯と睨《にら》めっこをする事になった。
鉢の隣で、泳ぎたくない鳴家達が何匹も、死んだふりをしていた。

終

解説

池上冬樹

しゃばけシリーズ第十二弾の本書『たぶんねこ』は、充実の一作である。相変わらずの面白さで安心して読めるし、充分にお薦めできるが、その面白さについて語る前に、すこし寄り道をしたい。一見すると関係のない話に思えるかもしれないが、しゃばけシリーズの魅力に迫る話なので、しばし寄り道に付き合っていただきたい。

先日、ある作家と話をしていたら、アメリカン・ニューシネマの話になった。一九六〇年代後半から七〇年代にかけて作られた新しいアメリカ映画のことである。僕などはリアルタイムでフォローしていたので、ときどき熱く語ってしまうこともあるのだが、面白いことに、僕よりも一回り若い作家たちが作品のモチーフとしてとりあげるようになった。東山彰良《ひがしやまあきら》は映画評論家を主人公にした『ラブコメの法則』でほぼ全篇アメリカン・ニューシネマの作品に言及しているし、阿部和重&伊坂幸太郎の『キャプテンサンダーボルト』では、強盗団と友情をテーマにした『サンダーボルト』（一九七四年。監督マイケル・チミノ、主演クリント・イーストウッド）がさりげなくも重要な役割を果たしている。

アメリカで新しいムーブメントが起きた背景には、当時の米国社会の反映がある。一九六〇年代におきた公民権運動、ドラッグ、セックスなどの革命により、古い価値観が疑問視されて、権威も、美徳も、ヒーロー像も変化せざるをえなくなった。ベトナム戦争、ウォーターゲート事件で政治にめざめ、ドラッグで意識を解放された若者たちが、映画にも〝意味〟を求めるようになり、政治や文化に対して反体制的な思想（カウンターカルチャーの思想）をもった反逆者の映画が生まれたのである。

有名な作品をあげるなら『俺たちに明日はない』『イージー・ライダー』『明日に向かって撃て！』『真夜中のカーボーイ』『M★A★S★H　マッシュ』『ファイブ・イージー・ピーセス』『フレンチ・コネクション』などで、絶望的で不安と孤独に苛《さいな》まれたヒーローたちの物語であるけれど、当時の大衆の喝采《かっさい》を浴びることになった。いまでは信じられないことだが、ヒーローたちはたいてい映画のラストで死んだ。そしてそういう映画を、一般大衆は熱烈に支持したのである。「映画の成功に優秀な頭脳は必要ではない。大事なのは作り手と大衆の欲求が一致すること。無意識が時代と同調する瞬間だ」（フランソワ・トリュフォー『わが人生わが映画』より）とは、ドキュメンタリー映画『アメリカン・ニューシネマ——反逆と再生のハリウッド史』（二〇〇三年。監督リチャード・ラグラヴァンス＆テッド・デーム）のエピグラフだが、大事なことは、作家は時代がつくりあげる大衆の無意識に敏感であれということだろう。それは何も映画だけではなく、小説についてもいえることである。

ここでしゃばけシリーズの話になる。しゃばけシリーズは、二〇〇一年にスタートして十五年で十四作、驚くべきことに七百万部以上の部数が出ている。シリーズもので、これほど大きな部数が出ているのはきわめてまれだろう。なぜ爆発的な人気を博しているのか。シリーズを支持している大衆の無意識とは何なのかと考えてしまう。

ここでもう一度ハリウッド映画の話に戻る。いまハリウッド映画の主流は、コミックの映画化である。アメリカン・ニューシネマの時代のはるか以前（一九三〇年代）から存在するＤＣコミックスやマーベル・コミックスが、近年ハリウッドで大々的に映画化されるようになった。アメリカン・コミックスの大衆ヒーローだから人気はあったけれど、爆発的に売れだしたのは二〇〇〇年以降の映画化であろう。具体的に作品名をあげるなら、ＤＣコミックスは『スーパーマン リターンズ』『バットマン ビギンズ』、マーベル・コミックスが『スパイダーマン』『X－メン』『ファンタスティック・フォー』『アイアンマン』『アベンジャーズ』である。別にアメコミのファンでなくても、見ている人が多いはずだ。

これらの映画（とくに『アベンジャーズ』に代表されるマーベル・コミックスの映画化作品）の特徴をあげるなら、超自然に対する親和、弱さを持ちつつも決して負けないヒーロー、ヒーローを助ける相棒たちの多さ、チーム的活動の物語、キャラクターと物語におけるユーモア、ヒーローと仲間の愛と絆《きずな》の確認、そしてハッピーエンドが与えるカタルシスなどがあげられる。これがいわば広範な読者を得られる現代エンターテインメントの要諦《ようてい》だが、これはそのまましゃばけシリーズにもいえるのではないか。しゃばけシリーズは二〇〇一年からスタートしているが、ハリウッドで話題をよんでいるコミックスの映画の成功と軌を一にしている（『X－メン』が二〇〇〇年の映画化で、ほかの映画化は二〇〇〇年代半ば以降であるから、むしろシリーズが先行しているともいえる）。

さきほど、「映画の成功に優秀な頭脳は必要ではない。大事なのは作り手と大衆の欲求が一致すること。無意識が時代と同調する瞬間だ」というトリュフォーの言葉を引用したが、〝無意識が時代と同調〟していることをしかと認識し、〝大衆の欲求〟を視野に入れながら、作品を次々と作り続けることは〝優秀な頭脳〟なくしてはありえない。同じくしゃばけシリーズも、畠中恵の〝優秀な頭脳〟なくしてありえない。作者はその形容を嫌がるかもしれないが、でも、SF的仕掛けに挑戦した『ゆんでめて』や、偏愛する落語へのオマージュ『ひなこまち』など、シリーズの細部で毎回大業・小業をきかせて、読者を大いにもてなしてくれている。しかもいまあげた現代エンターテインメントの要諦を満たしながらだ。

さて、枕《まくら》が長くなってしまったが、本書『たぶんねこ』である。

物語はまず、二人の兄《にい》やである手代《てだい》の佐助《さすけ》と仁吉《にきち》が若だんなに言い聞かせる場面から始まる。というのも、体が弱い若だんなが二月、病にかからず寝こむこともなかったものだから、もっと体の芯から丈夫になってもらうために、半年だけ必ず守ってほしいことを五つ言い聞かせる。その五つを守れない話が五つ並ぶ趣向である。

冒頭は「跡取り三人」。若だんなを入れた商人の跡取り息子の三人が、両国橋の大《おお》貞《さだ》親分の家に居候《いそうろう》して職を探し、誰が一番お金を稼ぐかを競うことになる。

若だんなは出遅れてしまうのだが、菓子の販売のイロハを教わってメキメキと売り上げをのばしていき、二人の跡取りよりも有利に進みそうになる。しかし、親分が決めた勝負の不自然さが浮かび上がり、意外な背景を知ることになる（この辺りの意外性もいい)。頭がよく、のみ込みも早い若だんなの颯爽《さっそう》とした行動が胸おどる一篇であり、ライバル二人との競争も愉《たの》しい。

二番目の「こいさがし」は、縁組をめぐる騒動記である。長崎屋で十四歳の娘於《お》こんが行儀見習いをすることになるのだが、掃除も料理もできないし、覚えようともしない。そんなときに、大貞親分の片腕富松や、河童《かっぱ》の大親分禰々子《ねねこ》がやってきて、それぞれ縁組の相談が持ち込まれ、話が複雑に絡《から》んでくるというもの。

何もできないくせに口だけ達者な於こんのキャラクターが面白い。複数の縁組はややこしく、混乱の極みになるのに、作者の語りはなめらかで、複雑な情況をきれいに解きほぐして、てんやわんやの話を生き生きと伝える。いやあ巧《うま》いものだ。

三番目の「くたびれ砂糖」は、友の栄吉《えいきち》との友情譚《たん》。菓子屋の安野屋《やすのや》で修業中の栄吉が砂糖調達のために長崎屋にやってくる。主人と番頭二人が臥《ふ》せっていて店は慌《あわ》だしく、最近働き始めた三人の小僧も曲者《くせもの》で、菓子づくりの腕もあがらないという。ひと騒動がおきて、妖《あやかし》たちはなんと栄吉の行李《こうり》に入って安野屋に行ってしまい、若だんなも安野屋に行き、主人と番頭が臥せっている理由を見出《みいだ》すという内容。生意気な小僧たちのキャラクターが小憎らしいが、若だんなと栄吉の友情が根底にあり、事件の謎解《なぞと》きとともに、それぞれの思いがきわだち、ほのぼのとした結末になる。

四番目の「みどりのたま」は、男が川から這《は》い上がる場面から始まる。記憶を喪失した男は古松《ふるまつ》という老人と出会い、自分の名前を知ることになる。古松は妖狐《ようこ》だという、神の庭に戻ることを願っていた。神の庭とは何か、自分はそもそも何者なのか？

記憶喪失サスペンスというと大げさだが、アクションとともに記憶が回復して、読者にはなじみのある世界があらわになってくる。ファンなら、記憶喪失の男の名前で、男の正体がわかるけれど、それでもファンにはなじみのおぎんなどがカメオ出演して嬉《うれ》しくなる。男の後ろ姿がどこか切なげなのも胸にしみる。

五番目の「たぶんねこ」は、神の庭から江戸に戻りたいと願う幽霊の月丸《つきまる》の話である。見越《みこし》の入道が幽霊の月丸を連れて長崎屋にやってくるのだが、些細《ささい》なことがおきて、若だんなは月丸とともに夜の江戸のどこかにとばされてしまう。そして一晩、江戸の町をさまよいながら、月丸の願いをかなえようと腐心する。

幽霊が妖の真似《まね》をして猫に化けるくだりが面白い。たぶん猫だろうと思える中途半端な化け方で、何とも心もとないのだが、その心もとなさが幽霊の存在とあいまって、不可思議なユーモアを生み出す。幽霊の願いは自らの居場所を見つけ出すこと。幽霊が自らの居場所を探す話なんていったい誰が考えるだろう。しかも〝生きがい〟を求める幽霊に、若だんなが救いの手をさしのべる話なんて。まったく信じられないほどオフビートであるが、それを面白く、ときに切なく語るからたまらない。

それにしても、あらためてしゃばけシリーズには感心してしまう。「たぶんねこ」がいちばんいい例だが、ありえない設定からありえない物語を作る困難さをいささかも感じさせずに、賑々《にぎにぎ》しく愉快に話を織り上げていくからである。それでいて独創的な物語がリアリティがないかというとそうではなく、物語にはしっかりと時間が流れていて、人物たちが経験することに一喜一憂することになるし、その物語の時間は、現代に生きる読者のそれと重なる。若だんなが家族たちから自立しようとして金を稼ぐことの重みをかみしめたり（「跡取り三人」）、躾《しつ》けの難しさ（「こいさがし」）や新人教育の難しさ（「くたびれ砂糖」）を感じたり、自分とは何者かと考えたりする（「みどりのたま」「たぶんねこ」）。婚活や就活に悩む人たちにとっても身近なことだろうし、大いに共感を寄せることになるだろう。

もうひとつ忘れてならないのは、さきほどハリウッド映画との関係で共通する長所をあげたけれど、日本人の作家ならではの長所がいくつもあることである。その筆頭が、「跡取り三人」の冒頭が最適だが、様々な料理やお菓子の数々を活字で愛《め》でる喜びだろう。ああ、美味《うま》そうだなあ！　と思わせる料理がさりげなく登場して、思わず

（酒飲みの僕などは）好きな日本酒をそばにおいて登場人物の気持ちになってお膳《ぜん》を眺めてしまうし、至るところに出てくる和菓子も食べたくなる。もちろんその場をもりあげる、鳴家《やなり》をはじめとする妖のキャラクターも実にキュートでかわいらしい。

ともかく、しゃばけシリーズには、何ともいえない優しさと温かさと楽しさがある。不思議な世界が心地よく、そしてこれほど自然と、生きる理《ことわり》がだんだんと見えてくる小説もない。人情ものであるけれど、決して人を泣かせたり、感動させたりするものではなく、もっとゆったりと包み込まれる感覚。いつ読んでも、どんな所で読んでも、一定のリズムで歓待してくれる傑作シリーズ。ますますファンが拡がりそうだ。

（二〇一五年十月、文芸評論家）

この作品は二〇一三年七月新潮社より刊行された。

畠中 恵
柴田ゆう 著

しゃばけ読本

物語や登場人物解説から畠中・柴田コンビの創作秘話まで。シリーズのすべてがわかるファンブック。絵本『みぃつけた』も特別収録。

畠中 恵 著

アコギなのかリッパなのか
―佐倉聖の事件簿―

政治家事務所に持ち込まれる陳情や難題を解決するは、腕っ節が強く頭が切れる大学生！「しゃばけ」の著者が贈るユーモア・ミステリ。

畠中 恵 著

つくも神さん、お茶ください

「しゃばけ」シリーズの生みの親ってどんな人？　デビュー秘話から、意外な趣味のこと、創作の苦労話などなど。貴重な初エッセイ集。

畠中 恵 著

ちょちょら

江戸留守居役、間野新之介の毎日は大忙し。接待や金策、情報戦……藩のために奮闘する若き侍を描く、花のお江戸の痛快お仕事小説。

畠中 恵 著

けさくしゃ

命が脅かされても、書くことは止められぬ。それが戯作者の性分なのだ。実在した江戸の流行作家を描いた時代ミステリーの新機軸。

橋本 紡 著

流れ星が消えないうちに

忘れないで、流れ星にかけた願いを――。永遠の別れ、その悲しみの果てで向かい合う心と心。切なさ溢れる恋愛小説の新しい名作。

梨木香歩著

裏　庭

児童文学ファンタジー大賞受賞

荒れはてた洋館の、秘密の裏庭で声を聞いた——教えよう、君に。そして少女の孤独な魂は、冒険へと旅立った。自分に出会うために。

梨木香歩著

西の魔女が死んだ

学校に足が向かなくなった少女が、大好きな祖母から受けた魔女の手ほどき。何事も自分で決めるのが、魔女修行の肝心かなめで……。

梨木香歩著

からくりからくさ

祖母が暮らした古い家。糸を染め、機を織る、静かで、けれどもたしかな実感に満ちた日々。生命を支える新しい絆を心に深く伝える物語。

梨木香歩著

りかさん

持ち主と心を通わすことができる不思議な人形りかさんに導かれて、古い人形たちの遠い記憶に触れた時——。「ミケルの庭」を併録。

梨木香歩著

エンジェル エンジェル エンジェル

神様は天使になりきれない人間をゆるしてくださるのだろうか。コウコの嘆きがおばあちゃんの胸奥に眠る切ない記憶を呼び起こす。

梨木香歩著

春になったら莓を摘みに

「理解はできないが受け容れる」——日常を深く生き抜くことを自分に問い続ける著者が、物語の生れる場所で紡ぐ初めてのエッセイ。

杉浦日向子著
江戸アルキ帖
日曜の昼下がり、のんびり江戸の町を歩いてみませんか――カラー・イラスト一二七点とエッセイで案内する決定版江戸ガイドブック。

杉浦日向子著
風流江戸雀
どこか懐かしい江戸庶民の情緒と人情を、「柳多留」などの古川柳を題材にして、現代の浮世絵師・杉浦日向子が愛情を込めて描く。

杉浦日向子著
百物語
江戸の時代に生きた魑魅魍魎たちと人間の、滑稽でいとおしい姿。懐かしき恐怖を怪異譚集の形をかりて漫画で描いたあやかしの物語。

杉浦日向子著
一日江戸人
遊び友だちに持つなら江戸人がサイコー。試しに「一日江戸人」になってみようというヒナコ流江戸指南。著者自筆イラストも満載。

杉浦日向子著
ごくらくちんみ
とっておきのちんみと酒を入り口に、女と男の機微を描いた超短編集。江戸の達人が現代人に贈る、粋な物語。全編自筆イラスト付き。

杉浦日向子監修
お江戸でござる
お茶の間に江戸を運んだＮＨＫの人気番組・名物コーナーの文庫化。幽霊と生き、娯楽を愛す、かかあ天下の世界都市・お江戸が満載。

重松 清著

卒業ホームラン
—自選短編集・男子編—

努力家なのにいつも補欠の智。監督でもある父は息子を卒業試合に出すべきか迷う。著者自身が選ぶ、少年を描いた六つの傑作短編。

重松 清著

まゆみのマーチ
—自選短編集・女子編—

ある出来事をきっかけに登校できなくなったまゆみ。そのとき母は——。著者自らが選ぶ、少女の心を繊細に切り取る六つの傑作短編。

重松 清著

ロング・ロング・アゴー

いつか、もう一度会えるよね——初恋の相手、忘れられない幼なじみ、子どもの頃の自分。再会という小さな奇跡を描く六つの物語。

重松 清著

星のかけら

六年生のユウキは不思議なお守り「星のかけら」を探しにいった夜、ある女の子に出会う。命について考え、成長していく少年の物語。

重松 清著

ポニーテール

親の再婚で姉妹になった四年生のフミと六年生のマキ。そして二人を見守る父と母。家族のはじまりの日々を見つめる優しい物語。

重松 清著

なきむし姫

二児の母なのに頼りないアヤ。夫の単身赴任をきっかけに、子育てに一人で立ち向かうことになるが——。涙と笑いのホームコメディ。

たぶんねこ

新潮文庫　は－37－13

平成二十七年十二月　一　日　発　行

著　者　畠《はたけ》中《なか》恵《めぐみ》

発行者　佐藤隆信

発行所　株式会社　新潮社

郵便番号　一六二―八七一一
東京都新宿区矢来町七一
電話　編集部(〇三)三二六六―五四四〇
　　　読者係(〇三)三二六六―五一一一
http://www.shinchosha.co.jp

価格はカバーに表示してあります。

乱丁・落丁本は、ご面倒ですが小社読者係宛ご送付ください。送料小社負担にてお取替えいたします。

印刷・大日本印刷株式会社　製本・憲専堂製本株式会社

ISBN978-4-10-146133-5　C0193